王子と孤独なシンデレラ

クリスティン・リマー 作

宮崎亜美 訳

ハーレクイン・イマージュ

東京・ロンドン・トロント・パリ・ニューヨーク・アテネ・アムステルダム
ハンブルク・ストックホルム・ミラノ・シドニー・マドリッド・ワルシャワ
ブダペスト・リオデジャネイロ・ルクセンブルク・フリブール・ムンバイ

THE PRINCE'S SECRET BABY

by Christine Rimmer

Published by Harlequin K.K., Tokyo, 2015

クリスティン・リマー

大型書店やUSA トゥデイ紙のベストセラーリストにたびたび登場する。RITA 賞に2作品がノミネートされ、ロマンティックタイムズ誌でも賞を獲得した実力の持ち主。ロマンス小説家になるまで、女優、店員、ビルの管理人など実にさまざまな職業を経験しているが、すべては作家という天職に巡り合うための人生経験だったと振り返る。オクラホマ州に家族と共に住む。

主要登場人物

シドニー・オシェア……………………弁護士。愛称シド。
トレヴァー……………………………シドニーの息子。愛称トレヴ。
ラニ……………………………………シドニーの親友。トレヴァーのベビーシッター。
ルール・ブラボー＝カラブレッティ………モンテドーロ公国のプリンス。貿易商。
アドリエンヌ二世…………………………ルールの母親。モンテドーロ公国の大公女。
エヴァン…………………………………ルールの父親。アドリエンヌ二世の夫。
マクシミリアン……………………………ルールの兄。愛称マックス。
アレクサンダー……………………………ルールの弟。愛称アレックス。
リリアナ…………………………………アラゴニア王国のプリンセス。

1

「ここで止めてくれ」ルール・ブラボー＝カラブレッティは運転手に声をかけた。

パーキングビルの中を徐行していたリムジンが、駐車スペースの先頭で音もなく止まる。ルールが追っていたセダンは、向かい側の列で一つだけあいたスペースに入った。さほど離れていない場所にエレベーターと階段があり、リムジンのスモークガラスの窓越しに、百貨店への連絡通路も見えた。

セダンのブレーキランプが消え、中から女性が降りてきた。ずらりと並ぶ車の先に、美しく波打つ豊かな茶色の髪が見える。バッグを肩にかけながら車のドアを閉めた彼女は、通路に出てキーを車に向けた。車はぴっと音をたて、おとなしくロックされた。

彼女がキーをバッグにしまうのを見ながら、ルールは思った。隠し撮りさせた写真どおり、いや、それ以上に魅力的だ。美人ではないが、そんなありきたりな言葉では表現できない魅力がある。すらりとした体にフィットするシルクの青いジャケット、ほっそりした脚がのぞく揃(そろ)いの膝丈スカート、中ヒールのネイビーのパンプス。きちんとした服装だ。

彼女はバッグを肩にかけ直し、ジャケットを整えて連絡通路に向かった。気が強そうなところがたまらなく魅力的だ。リムジンのほうを見もしないのは、つけられているとは思ってもみないからだろう。

やはり直接会わなければ。彼女が車を降りて歩きだしたわずか六十秒間で、ルールの心は決まった。

じつは、それだけはするまいとずっと自分に言い聞かせてきた。彼女が不自由なく暮らし、子どもをきちんと育てているかぎり、干渉すべきではない。

法律上、僕は権利を全部放棄したのだ。その選択は今さら変えられない。だがこれは権利とは無関係だ。彼女から何かを奪おうというわけではない。ただ実際に話してみたいだけだ。実物の彼女を初めて見てときめいたのはただの偶然か。僕の一番大事なものを彼女が持っている、そのせいで目がくらんだのか。

　これは危険な賭けだ。本来、僕はここにいることすら許されない。ダラスでの仕事を終わらせ、さっさとモンテドーロに帰るべきだ。そしてリリアナと幸せな結婚をすればいい。もちろん帰るつもりだ。もうすぐ。だがその前に、長い間温めてきた願いを叶（かな）えたかった。シドニー・オシェアと直接話したい。

　シドニーは自分の目が信じられなかった。百貨店の家庭用品売り場で、なぜかどこかで見たような気がする最高にセクシーな男性が、誘うようにじっとこちらを見つめている。あの手の男性は普通、自分と釣りあうゴージャスな女性しか相手にしない。

　シドニーは、器量は悪くないが美人ではない。現実的で自立心が強く、少し生真面目すぎる。頭が切れるせいで、男性からは近寄りがたいと思われがちだ。それも第一印象だけで。そんな彼女を、世にもすてきな男性がワッフルマシーンやホットプレートの横で見つめているのだ。シドニーはステンレスのフライパンの値札を見るふりをして、〝ミスター・セクシー〟をちらりと盗み見した。

　彼も値札を見ているようだったが、ポーズだとすぐにわかった。彼女の視線を感じたとたん、セクシーな唇の片端を上げ、流し目を送ってきたのだ。

　もしかして、私の後ろに気になる美人でもいるのかしら。シドニーは肩越しに振り返った。誰もいない。棚にステンレスの鍋やフライパン、琺瑯（ほうろう）の両手鍋（キャセロール）や高級素材の調理器具が並んでいるだけだ。いけない、私が相手にすべきはこのお鍋たちだわ。シドニーはそう自分に言い聞かせ、男性の熱いまなざしを心から追い払った。

社内でまた一人、結婚することになった。事務職のカリスタ・ドワイヤーだ。急遽決まった結婚らしく、お祝いに欲しい品物のリストは配られなかった。明日南の島に出発して現地で簡単に挙式し、そのまま二週間、楽園でのハネムーンを楽しむという。

ランチの前に彼女へのプレゼントを選ぼうと、シドニーはオフィスからここに直行した。近頃すっかり嫌気が差しているミッション。なにしろ頻繁で、そのたびに自分以外はみんな結婚すると思い知らされる。男性弁護士連中を見習って、秘書にお願いしたほうがいいのかも。今回みたいに花嫁の欲しいものがわからないときは、特に。いいえ、だめ。祖母のエレン・オシェアは、自分で贈り物を選ぶことにいつも誇りを持っていた。シドニーはやはり彼女の孫娘なのだ。面倒で気が滅入るとしても、オシェア家の伝統はしっかり守っていきたかった。

そのとき、キャラメルのようにとろける声が彼女の耳をくすぐった。「調理器具。必要だが、取り立てて面白くない。料理好きでもなければね」

嘘でしょう。ミスター・セクシーがすぐ後ろに立っていた。今彼が話しかけているのも、これまで熱い視線を送っていたのも、間違いなくこの私だったのだ。シドニーは夢見心地でゆっくりと振り返った。

息をのむほどのハンサム、という言葉がぴったりの男性だった。漆黒の瞳、高い頬骨、男らしい顎、シャープな鼻、広い肩。明るい色のズボンにチェックのシャツ、それにオーダーメイドの紺のジャケット。カジュアルだが、どれも高級品だ。

彼が眉を片方つり上げた。「君はそうなのか?」

シドニーは無理に息を吸った。「え?」

「料理好き?」彼の目はシドニーに釘づけだ。

こんなことがあるわけがない。いいえ、待って。

もしかしてジゴロ？　私がいい餌食に見えたのかしら。きちんとした服を着た、うわの空の女。家庭用品売り場をぶらついて獲物を捕まえる新しい手口ね。

だけどやっぱり初めて会った気がしない。「あの、どこかでお会いしました？」

男性は彼女の全身にゆっくりと視線を巡らせ、黒いベルベットのような瞳で熱っぽく見つめてきた。今すぐ食べてしまいたい、そんな目つきだ。彼は低くセクシーに笑った。話す声と同様、滑らかでぞくっとさせる響きだ。「僕と会ったことがあるとして、そう簡単に忘れられるかな」

おっしゃるとおり。「私……」やだ、言葉が出ないなんて私らしくもない。口ごもるのはここまで。彼女は手を差し出した。「シドニー・オシェアよ」

「ルール・ブラボー＝カラブレッティだ」

しなやかで温かな手に手を包まれた瞬間、熱が腕を駆け上がり、シドニーははっと息をのむのをこらえた。熱い興奮の矢が体の中心に急降下する。手を振りほどいて一歩後ずさったとき、スチール製の陳列棚にぶつかりそうになった。「ルール……？」

「ああ」

「ダラス出身ではないでしょう？」

すらりとした指で胸を押さえる。「よくわかったね」

「高級ブランドの服に、名字が二つ。英語が流暢(りゅうちょう)で、はっきりわかるアクセントはないけれど、ちょっと堅苦しい感じがする。ダラス、いいえ、テキサスでもない。それどころかアメリカ人でもない？」

彼はまた笑った。「もしかして言語学者か何か？」

「いいえ、頭が切れるだけ。それに観察眼も鋭い」

「頭が切れて観察力もある。じつに僕好みだ」

ああ神様、お願い。このままずっとキャセロールの前に立って彼を見つめ、話し声を聞き、溶けたキャラメルのような甘い笑い声に包まれていたい。どれくらいって、そうね、五十年でも百年でも……。

　だめだめ、カリスタの結婚祝いを買わなきゃ。それから大急ぎでランチをすませてオフィスに駆けこむ。一時から〈ビンネラブ〉社の対策会議だもの。

　失礼しますと口に出そうとしたそのとき、彼が続けた。「僕の質問にまだ答えていないよ」

「質問？」

「シドニー、君は料理好きなのか？」

　そんなに情熱的に名前を呼ぶなんて……すごくいい。すてきすぎる。彼女は一歩後ずさった。「料理？　私が？　必要に迫られたときしかしないわ」

「じゃあ、この売り場で君を見つけたのは、なぜなのかな？」

「見つけた？」再び疑念が膨らんだ。この人、何か企んでいるの？「つまり私を探してたってこと？」

　ルールは広い肩をスマートにすくめた。「じつは駐車場から君を追ってきたんだ。その……すごく気が強そうに見えたから」

「気が強そうだから追ってきたの？」

「そうじゃない、君に惹かれたからさ」

「気の強さに惹かれたの？」

　彼はまたくすくす笑った。「うん、きっとそうだな。僕の母もとても気が強い」

「お母さんが大好きなのね」マザーコンプレックスと指摘する、とげのある言い方だ。緊張したり不安になったりすると、つい皮肉な口調になってしまう。彼女は今まさに、ぴりぴりしていた。彼のような人にくどかれるなんて、裏があるとしか思えないから。

　彼は皮肉に気づかないようだった。いや、あえて無視したのか。「ああ、大好きだ。それに尊敬もしている」シドニーをしげしげと見る。「君はとげのあるタイプだね」どうも面白がっているようだ。

　なんだ、ちゃんと皮肉に気づいていたんじゃない。

シドニーは自分が意地悪で卑屈な人間になった気がした。でも、かえって素直に話せるようになった。

「そうよ。だからときどき男性に敬遠されるの」

「馬鹿な男もいるものだ」ルールは穏やかに返し、また尋ねた。「なぜこの売り場に?」

「社内で結婚する人がいるから贈り物を探しに」

黒い瞳が夜空の星のように光る。「結婚祝いか。それなら……」そう言ってシドニーの背後に左手を伸ばしたので、彼女も振り返った。彼が赤いハート型のキャセロールを軽く叩く。「これがいい」その手に結婚指輪がないのを、シドニーはつい確認した。キャセロール? うん、悪くない。

「とてもロマンティックね」そっけなく言った。

「ハート型のキャセロールなら花嫁にぴったり」

「これにするんだ」ルールが命令口調で言った。「そうしたら一緒にここを出よう」

「一緒に?」

彼はまだキャセロールに手を触れたままだが、腕は今にも彼女に触れそうだ。アフターシェーブローションの香りがかすかに漂ってくる。繊細ですてきな香り。彼が見つめる。「そう、君と僕で」

「そんな気はないわ。見ず知らずの他人だもの」

「確かに。それが残念なんだ」わざとらしく悲しげな顔をする。「シドニー、ぜひ君のことが知りたい。一緒にランチでもどう? この問題を解決するために」私には問題でもなんでもないし、ランチなんてとんでもないと言おうとした瞬間、ルールがキャセロールを持って最寄りのレジを指した。「行こう」

シドニーは彼に従って歩きだした。いいわよね? キャセロールはきっと喜ばれるし、彼はあまりに魅力的だ。会計をすませてすぐにさよならすれば、こちらにその気がないとわかるだろう。

若いブロンド美人の店員が応対する。「あ、いらっしゃいませ!」キャセロールを受け取ると、レジを打ちながら頬を染め、ルールをちらちら見ている。

シドニーには店員の心の内がよくわかった。彼はロマンス小説から飛び出してきたみたいな人だ。セクシーでハンサムな、洗練された恋人。気立てのよさだけが取り柄の、ごく平凡なヒロインの前に突然現れ……。いやだ、私、〝恋人〟なんて言葉を使った？　妄想の世界に浸っている場合じゃないのに。

「このキャセロール、すごくかわいいですよね。贈り物ですか？」店員が尋ねた。

「ええ、結婚祝いなんです」シドニーは答えた。

店員はまたルールを横目で見て、ため息まじりに小声で言った。「申し訳ございません。ラッピングのサービスはしていないんです」ルールは何も言わず、曖昧にうなずいてかすかな笑みを浮かべた。

「かまいませんよ」シドニーは祖母と同じで、いつも贈り物のラッピングは自分でする。でもカリスタが南の島に発つ前に渡すならその時間はない。包装紙とギフトバッグを買わなくては。シドニーはクレジットカードを出してサインをしつつ、横に立つあまりにハンサムな男性を意識しすぎないようにした。

店員はレシートをシドニーに渡したが、キャセロールを入れた百貨店の紙袋はルールに渡した。「お品物をどうぞ。またお越しくださいませ。お待ちしております」ルールになら、ぜひ買い物以上のお手伝いをしてあげたいと言わんばかりの口ぶりだ。

シドニーは店員に礼を言うと、ルールを振り返った。「自分で持つわ」

「いや、僕が持とう」

「自分で持つと言ったんです」

ルールはしぶしぶ袋を手渡したが、立ち去るつもりはさらさらなさそうだった。

「お話しできて楽しかったわ。でも、もう本当に……」

「ランチだけ」彼女にだけ聞こえるよう、ルールがささやいた。「何も一生ってわけじゃないんだから」

とろけるような漆黒の瞳を見上げたシドニーの頭の中で、親友のラニの声が響いた。〝ねえシドニー、いつか運命の人に巡りあいたいと願っているなら、今こそそのチャンスじゃない？〟

「いいわ」シドニーの耳に、誘いを受ける自分の声が聞こえた。「ランチだけね」そう、サンドイッチを食べながらすてきな男性とおしゃべりを楽しみ、そのあと別れればいいだけ。なんの問題もないわ。

「よかった」ルールが彼女の口元を見てにっこりした。「やっと君の笑顔が見られた」

シドニーの笑顔がさらに大きくなった。だって、すごく好感が持てる人なんだもの。とてつもなくハンサムなうえに、とても洗練されていて人柄もいい。少しの間、彼と過ごすくらい悪くないでしょう？

「でもその前に贈り物用の袋を買わなきゃ」

ルールが彼女の目をのぞきこんだ。こんなにセクシーな男性に見つめられたら、百貨店の売り場に立っているだけでぼうっとしちゃう。ようやく彼が言った。「たしか案内図があったはずだ。こっちだよ」

レジに連れていかれたときと同様、シドニーは彼に従って歩きだした。やがて文具店を見つけると、シドニーはかわいいギフトバッグと光る包装紙、メッセージカードを買い、彼と店を出た。

「ランチはどこで？」彼女は訊いた。

「ここはテキサスだ」ハンサムな顔が少年のように無邪気な笑顔になった。「やっぱりステーキ店だね」

外に出るとリムジンが待っていたが、シドニーは驚かなかった。彼にはリムジンがぴったりだ。一緒に乗るよう勧められたが、自分の車でついていくと断った。やがてフォートワース近くのストックヤード街にあるカジュアルな店に着いた。これぞテキサスという雰囲気の、おいしいと評判のレストランだ。

ブリキの型押し天井から鹿の角でできたシャンデリアが下がり、壁はパイン材とむき出しの煉瓦だ。床は赤く塗られ、カウボーイハットやブーツ、バンダナを描いた油絵が飾られている。コーナー席につくと、ルールはワインのカベルネを注文した。シドニーはウェイターがグラスに注ごうとするのを見て断ったが、ウェイターが去ったあと結局誘惑に負け、自分で少し注いで飲んでみた。まろやかだがわずかに舌を刺激する、おいしいワインだ。

ルールがグラスを掲げた。「頭が切れて観察眼が鋭く、気の強い女性に」

「とげがある、を忘れてるわ」シドニーが指摘した。「おっと。大事なチャームポイントなのに」

「フォローしてくれてありがとう」満足げにうなずいてみせる。

ルールはグラスをさらに高く上げた。「頭が切れて観察眼が鋭く、気の強い、とげのある女性に」

シドニーは声をあげて笑い、グラスを合わせた。

「君の重職について聞かせてくれないか？」アップルウッドでスモークしたベーコン入りサラダが出されたあと、ルールが言った。

午後に大事な会議があるから飲んではいけないと思いながらも、シドニーはワインにまた口をつけた。「なぜ重職だとわかるの？　私の仕事は単純作業だけかもしれないでしょう。とびきり有能な重役アシスタントという可能性だってある」

「いいや」ルールは自信たっぷりに答えた。「スーツはきっちりしているしオーダーメイドだ」それから白いシルクのブラウスや一連パールのネックレスに目を向けた。「それに君の物腰も……」

シドニーは身を乗り出した。どこか浮かれた、大胆な気分になっていた。「私の物腰が何？」

「アシスタントという感じはまったくしない」

シドニーは椅子に深く座り、膝に両手を置いた。

「弁護士よ。大勢の法人顧客を抱える法律事務所の」

「弁護士か。なるほど、確かにそう見える」

シドニーはフォークを取り、サラダを食べた。不思議なほど心地よい沈黙。やがて彼女が尋ねた。

「それで、あなたは？　仕事は何をしているの？」

「いろいろと。今は貿易の仕事をしている」

「〝今は〟？　仕事を頻繁に変えたりするの？」

「面白そうなプロジェクトを選んで、その結果に満足できたら次に移るんだ」

「貿易って、何を扱っているの？」

「今回はオレンジだ。モンテドーラン・オレンジ」

「モンテドーラン？　エキゾチックな響きね」

「ああ。果肉が赤く、すごく甘い。ほのかにラズベリーの香りがする。皮の表面が滑らかで、ほかのオレンジみたいにでこぼこしていない」

「近くのスーパーでも買える？」

「いや、スーパーに出回るほど大量には扱えないから、果物専門店や高級食料品店に行ってもらえば」

「モンテドーラン……」シドニーはその言葉を舌の上で転がした。「たしか、そんな名前の小さな国がヨーロッパにあったわ、コートダジュールのあたりに。モンテドーロ……だったかしら」

「そのモンテドーロが僕の国だ」ルールがシドニーのグラスにワインを注いだが、彼女は止めなかった。

「ヨーロッパにある八つの小国の一つ。大公主権の地中海の公国で、母はそこの生まれだ。父はテキサス出身のアメリカ人だが、結婚を機にモンテドーロの国籍を取った。名前はエヴァン・ブラボー」

ルールが話すとどんな言葉も詩のように聞こえる。シドニーはうっとりしながら訊いた。「じゃあ、ここテキサスに親戚がいるの？」

「サンアントニオに伯父や伯母、いとこたちがいるし、遠い親戚ならアビリーンにも。ヒルカントリーには獣医と結婚したはとこがいる。ブラボー一族はカリフォルニア、ワイオミング、ネバダに多いけど、アメリカ中にいると言っていい」

「カラブレッティはお母さんの名字なのね？」

「そうだ」

「モンテドーロでは、結婚したら夫婦両方の姓を名乗る習慣があるの？」

ルールがうなずいた。「全員そうとは言わないけどね。僕の国はスペインと共通点が多くて、あの国にもそういう一族がいるらしい。二つの姓をつなげるのは、どちらも大事にしたいからなんだ」

「ブラボー＝カラブレッティって、聞いたことがあるわ。どこでだったかしら」

ルールは少し待っていたが、結局思い出せなかった彼女を見て肩をすくめた。「そのうち思い出すよ」

「そうね」それからシドニーは声を潜めた。「ねえ、やっぱりあなたとどこかで会ったような気がする」

ルールはまた肩をすくめ、シドニーにはそれがヨーロッパらしい小粋な仕草に感じられた。「誰にでも瓜二つの人間がいるそうじゃないか。きっとそれだよ。僕によく似た男に会ったんじゃないかな」

そういうことが言いたかったわけではないが、反論するほどでもない。「そうかも」受け流して話題を変えた。「きょうだいはいるの？」

ルールは大きくうなずいた。「兄弟が三人、妹が五人。兄がマックスことマクシミリアン、僕が次で、双子の弟のアレクサンダーとダミアン。その下に妹たち、上からアラベラ、リアノン、アリス、ジェネブラ、ロリー」

「大家族ね」シドニーはふと切ない気持ちになり、フォークを置いた。「うらやましい。私、一人っ子だから」テーブルの上に手を休ませる。

その手にルールが手を重ねた。温もりが爪先まで伝わり、シドニーは安らぎを感じると同時にぞくっとした。体全体が突然目覚めたみたい。彼が身を乗り出し、顔をのぞきこんできた。まなざしが手と同様に温かい。「悲しい？　きょうだいがいなくて」

「ええ」このままずっと手を握っていてくれないかしら。でもこの人とはどうなるわけでもないし、変に気をもたせてもいけない。

ルールは彼女の意図を汲み、そっと手を振りほどく。テーブルの端に無言で手をひっこめた。

「ルール、あなた、年はいくつなの？」

彼は穏やかな笑い声をもらした。「なんだか面接を受けているみたいだな」

シドニーはグラスの脚を持って裏返した。「少し気になっただけ。年齢には触れてほしくない？」

「まあね」真面目な口調になった。「現在、三十二歳。うちの一族の独身者にとってはまずい年齢だ」

「どうして？　三十二なんてたいした年じゃないわ」特に男性にとっては。女性となると話は違ってくる。子どもが欲しいならなおさらだ。

「結婚しなければならない年齢なんだ」陰鬱な声だ。今までにないほど暗い瞳でこちらを見つめている。

「どういうこと？　あなたの家では結婚のスケジュールまで決められているの？」

セクシーな口元に、今度は笑みがこぼれた。「そう言われると馬鹿げて聞こえるな」

「どう考えても馬鹿げてるわよ」

「本当にはっきりものを言う女性だな」感心したようなルールの様子にシドニーはかちんときて、顎をつんと上げた。「うちの一族はね、男女とも三十三歳になるまでに結婚しなくてはいけないんだ」

「もし、しなかったら？」

ルールはうつむき、上目遣いで答えた。「悲惨な結末を迎える」意味ありげな低い声に、シドニーはぞくっとして、肌に熱い震えが走った。

「からかわないで」

「ごめん、でも好きだから、からかいたくなるんだ。

一目で君の虜になった」

「いったいいつのこと？」

「もう忘れたのか？」哀れっぽい顔でさえセクシーだ。「結局、僕は印象に残る男じゃないんだな」ウエイターがライムバター添えリブアイ・ステーキを並べた。「ところで、ご両親はダラス在住？」

シドニーは悲しい過去を語り始めた。「私が生まれたとき、両親はサンフランシスコに住んでいたわ。でも母はケーブルカーから振り落とされて頭を打ち、即死。抱かれていた生後三カ月の私は傷一つなくて、当時奇跡だと言われたそうよ。父も私たちを助けようとして飛び降り、翌日病院で亡くなったの」

黒い瞳に同情が浮かんだ。「つらかっただろうね」

「記憶にはないけど。オースティンに住む父方の祖母が私を引き取り、一人で育ててくれたの。祖父は両親の事故の数年前に亡くなっていた。祖母はすばらしい人よ。なんでも自分でできるように私を躾けてくれた。力には責任が伴うこと、真実こそが尊いこと。誠実で信頼される人間でいれば、いつか報われると教えてくれたわ」

黒い瞳が今度はからかうように光った。「なのに弁護士になったのか？」

シドニーは笑った。「モンテドーロにも弁護士をねたにしたジョークがあるの？」

「ねたにするのは法人弁護士に限るけどね」

「こっちの不利になりそうだからコメントは差し控えさせていただくわ」軽い調子で返す。

だがルールには、彼女の本心はお見通しだった。

「傷つけたかな？」

シドニーは自分でも驚くほど素直に答えていた。

「すごく責任の重い仕事よ。厳しい競争社会を勝ち抜き、暮らしの心配もなく立派に自立できている。今まではそう思えることが大事だった。でも最近はつい考えてしまうの。大企業の財産を守ることより、私を本当に必要とする人の役に立つ仕事をするほうが、充実した人生になるのかもって」

ルールが口を開こうとしたとき、シドニーのスマートフォンが震えた。食事中はいつもミネラルウォーターのグラスの右横に置いておく。画面を見ると、アシスタントのマグダからだった。シドニーが戻ってこないので心配になったのだろう。ルールを見ると、黙々と食事をしている。必要なら彼女が電話に応答できるよう気遣ってくれているのだ。だがシドニーは電話に出る気はなかった。震動にも気づかないよう、スマートフォンをバッグの奥深くにしまう。

ルールは邪魔など入らなかったかのようにさりげなく会話に戻った。生まれながらの外交官みたい。

「それで、君の育ての親のおばあさんは今は……」

「五年前に亡くなったの。今でも会いたいわ」

「大事な人たちをそんなに亡くして」彼は頭を振った。「人生は残酷なものだな」

「そうね」シドニーはステーキを口に入れ、柔らかな肉を味わった。スマートフォンのことに触れず、気の毒だとも言われなかったことが、なぜかうれしかった。両親を知らずに育ったとか、祖母が恋しいと告げると、決まってそう言われるのに。

ルールが頭を傾けてこちらを見ている。不思議だけど、やはり見覚えがある気がする。「君は結婚は？」

「していないわ。私カトリックなの。信心深くはないけど、結婚は永遠のものと信じているの。一生を共にしたい男性がまだ見つからなくて。真剣に交際した人は二人いたけど、うまくいかなかった」控えめすぎる表現だ。でも彼が知る必要も、私が言う必要もない。それにもう充分話しすぎた。私、どうかしているわ。「私は今、三十三歳。あなたには悲惨な年齢よね？」

「確かに」険しい顔の彼もまたセクシーだった。この人は何をしてもセクシーだ。「すぐに結婚して、最低でも子どもを九人産むべきだ。君を心から愛する裕福な男とね」

「私を心から愛するお金持ちの男性ね……。それはいいけど、子ども九人は考えたこともないわ」

「子どもは欲しくない？」驚いたように彼が言う。

シドニーは危うくトレヴァーのことをもらしそうになった。だめよ、せっかく夢みたいな男性と夢みたいなデートをしているのに。かわいいトレヴァーは私の生きがいだけど、現実世界のことだ。「欲しくないわけじゃない。でも九人はさすがに無理ね」

「なるほど。じゃあ、僕らの子どもはもっと少なくてもよしとしよう。ものわかりがいいだろう？」

「〝僕ら〟？」

「子どもをつくるのは二人の共同作業だからね。何人にするかも一緒に決めないと」

「ルール」シドニーは胸に手をあて、目をみはった。

「やだ、信じられない……プロポーズしてるの？」

彼は当然のように答えた。「僕はたまたま裕福だ。君を心から愛するのは簡単そうだし」黒い瞳が輝く。

何、この気持ち。馬鹿みたいだけど、魔法にかかったみたい。思いがけない奇跡というのかしら？人生にはまだ驚きがあるのね。仕事で成功してトップを維持するため、かわいい息子を寝かしつけられないほど残業する、それがすべてではない。仕事に忙しい女だって、ときにはのんびりランチもいいのかもしれない。初対面なのに、一緒にいると自分が有能なだけでなくセクシーな美女のように思わせてくれる、そんな男性と。でもシドニーは悲しそうに答えた。「ごめんなさい。でもうまくいかないわ」

「どうして？」彼は打ちひしがれた顔を見せた。

「あなたはモンテドーロに住んでいる」深刻な憂い顔で続ける。「一方、私の人生をかけた仕事はここテキサスにある」

「仕事を変えたらどうだ？　違う人生も悪くない」

　まったく、いかにも世の男どもの言いそうな台詞（せりふ）。それで私がおとなしく従うと思ったら大間違いよ。

「じゃあ、あなたがこっちに移ってくれれば？」

「もちろん君のためならなんだってするよ、シドニー」

「パーフェクトな答えね」

　至福の光が二人を包んだ。二人だけの幸せな世界。シドニーはその瞬間を心から楽しみ、相手を警戒したり疑ったりするのをやめた。これはただのランチ。すばらしいひとときを心ゆくまで楽しめばいい。

2

　シドニーがオフィスに戻ったのは午後二時十五分。すでに会議は半ばだった。「すみません」会議室のドアを開けると、出席者全員がいっせいにこちらを向いた。「申し訳ありません。ちょっと……急用ができまして」

　同僚たちは同情の声をもらし、すぐに議論に戻った。誰もいやな顔はしない。これまで遅刻一つしたことがないシドニーだから、よほどの事情だと思ったのだろう。そう、シドニー・オシェアは二十歳で大学を卒業、二十四歳で司法試験に合格し、三十歳で法律事務所の経営者（パートナー）となり、そのちょうど一年後に一人息子を産んだ。要求や返礼の仕方を心得て強力な人脈を築き上げ、決して手を緩めず、誰よりも長く働く。百貨店の家庭用品売り場でモンテドーロ出身のハンサムなオレンジのセールスマンにくどかれ、のんびりランチして会議の前半をサボったと告白しても、誰も信じないはずだ。

〈ビンネラブ〉社の件は充分把握していたので、二、三分議論を聞いただけですぐに状況を理解した。会議の最後でシドニーは少しアドバイスして議論の方向を修正し、出席者全員が結果に満足するよう導いた。会議を終え、自分のオフィスのドアを開けたとたん、優秀なアシスタントであるマグダの姿が目に入った。日頃きわめて冷静な彼女が、蘭(らん)の花を生けた豪華な紫色の花瓶を手に部屋の真ん中で途方に暮れている。見つめる先のキャビネットには、華やかなフラワーアレンジメントが十以上並んでいた。

アレンジメントはさらにコーヒーテーブルに二つ、ソファ両脇のサイドテーブルにも一つずつある。シドニーのデスクには六つ、窓台にもエキゾチックな花がぎっしりと並ぶ。全部に小さな白いカードが添えられ、温室のように花の香りでむせ返っていた。

ルールね。ほかの誰がこんなことをする？　シドニーはカードの一つに目を走らせた。勘があたった。

今夜一緒にディナーはどう？　タートルクリークのホテル〈マンション〉で午後八時に。

愛をこめて、ルール

事務所の名前は言わなかったのに。でも探すのはそう難しくないはずだ。インターネットでシドニー・オシェアを検索すればいいだけだから。

「花の香りで窒息しそう。本当に冗談抜きで」呆然(ぼうぜん)としているマグダにそう言いながら、シドニーは幸福感で体が熱くなった。目の前に無限の可能性が広がっているみたい。ルールに心が傾いている。彼のおかげで解き放たれ、無垢（むく）になった気がする。人に愛される美しい女性に。でもそれのどこが悪いの？

「三十分ほど前から届き始めたんです」マグダが手にしたアレンジメントを見ながら言った。「この蘭が最後ですが、置く場所がもうなくて」

「あなたのデスクに置くといいわ。カードだけ集めて持ってきて。お花はみんなで楽しみましょう」

マグダは眉を上げた。「みんなに配るんですか？」

「データ入力のメンバーから回って。私には黄色い薔薇（ばら）のアレンジメントを二つ残しておいてくれればいいから」

みんなと分けてもルールは気にしないはずだ。シドニー自身がそうしたかった。希望と驚き、美しさにときめく気持ちを自分の中だけに留（とど）めておくのはもったいない。「持ち帰るよう言ってね。急いで。四時からカリスタの結婚祝賀パーティだから」

「この蘭、すごくすてき」マグダは花瓶を抱えたま
ま、花をうっとりと眺めた。

「よかった。いい週末になりそう。さあ配ってきて。そのあとカリスタを南の島へ送り出しましょう」

「あなたに夢中ですね、この人」マグダが笑う。

シドニーもつられて笑顔を返した。「お花を配って、シャンパンを開けましょう」

包装をはがしてハート型の両手鍋（キャセロール）を取り出した瞬間、カリスタはうれしそうに笑った。「かわいい！よおし、頑張って料理を覚えるわよ！」

「ハネムーンから戻ったらね」シドニーがグラスを上げた。「おめでとう、カリスタ。末永くお幸せに」

ランチでワインを二杯飲んだので、シャンパンはグラス半分にしておいたが、こんなに楽しく感じた結婚祝賀パーティはなかった。おかしなものね、すてきな男性に出会っただけで一日が違って見えるなんて。

　パーティのあと、シドニーはオフィスに戻ってブリーフケースとバッグを持ち、黄色い薔薇でいっぱいの花瓶を抱えた。いつもなら請求書の処理などであと二時間は残業する。でも今日は金曜日。かわいい息子の顔を見たいし、ラニとも話したい。一番の親友で住みこみのベビーシッターでもある彼女は、とても頼りになる存在だ。ルールの招待を受けるべきかどうか、相談に乗ってもらいたかった。

　ハイランドパークの自宅に帰ると、トレヴァーがベビーチェアに座り、朝食用テーブルでミートボール入りスパゲッティを食べていた。「ママ、おかえり！　だっこして！」きゃっきゃと声をあげ、ぽっちゃりした手を伸ばしている。

　シドニーは荷物を下ろして息子を抱いた。トレヴァーが首にしがみつく。思いきりキスされ、頬がミートソースでべたべたになった。「ご機嫌いかが？」

「いいよ、ありがと」

「ママもよ」シドニーはさらにぎゅっと息子を抱きしめた。「だってあなたに会えたんだもの」トレヴァーはトマトとミートボールとベビーシャンプーの匂いがした。

　二歳児にしては、息子はおしゃべりが上手だ。スプーンを手に、今日の出来事を話し始めた。「プールでおよいだ。トラックであそんだ。ぶつけて、きゃあって」

「面白そう」シドニーはカウンターのティッシュの箱から一枚抜いて頬の赤いソースを拭き取った。

「うん、おもしろかった！　うれしかった！」片手でミートボールを口に入れ、別の手でスプーンを振る。

「スプーンで食べて」シンクのそばからラニが言う。

「うん、ラニ、わかった！」トレヴァーはスプーンを持ちかえて山盛りのスパゲッティをすくい上げた。ほとんどが口に入る前に落ちてしまったが、めげずにさらにたくさんすくう。

「早かったわね」黒縁眼鏡をかけたラニが上目遣いでシドニーを見た。「その薔薇、すごくきれい」

「でしょう？　早く帰ってきたのは週末だからよ」

「そんな理由で早く帰ってきたことあった？」タオルで手を拭きながら、ラニはシンクにもたれた。

彼女の名前はヨランダ・イネス・バスケス。黒髪の豊かな、小柄でグラマーな女性だ。シドニーの家に来て五年、もとは大学在学中の家賃を節約するため住みこみの家政婦をしていた。卒業後もシドニーの家に留まり、トレヴァーが生まれてからは子守りもしてくれている。手際よく家事をこなし、トレヴァーの第二の母同然だ。ラニなしでは仕事と家庭の両立は無理だったはず。それに彼女とは厚い友情で結ばれてもいた。祖母を除けば人生で最高の友人だ。

「シドったら顔が赤いわよ」

ラニに言われ、シドニーは頬に触れた。「ほんと、顔がちょっと熱い。熱があるのかしら……」

「ハンサムな人に黄色い薔薇を贈られたから？」

シドニーは笑いながら頭を振った。「あなたにはかなわないわ」

「名前は？」

「ルール」

「すごく威厳がある感じ」

「実際そうなの。でも気さくな人で、今日二人でランチしたのよ。ディナーにも招待されたの」

「今夜？」

シドニーはうなずいた。「タートルクリークの〈マンション〉に八時」

「行くわよね」質問ではなかった。

「あなた、マイケルとデートじゃなかった？」マイケル・コートはソフトウェア設計者で、ラニが一年前からつきあっている男性だ。

ラニは肩をすくめた。「彼はまったり過ごすのが好きだからここに来てもらうわ。ピザでも取ればいいし。ねえ、ルールのことをもっと教えてよ」

「今日知りあったばかりなのにもうデートなんて、私おかしい？」

「すごく幸せそう。ちっともおかしくないわ」

「ママ、スパゲチ？」トレヴァーがミートボールとスパゲッティを手にいっぱい握って尋ねた。

「ママはいいわ。ありがとう」シドニーは息子のべたべたのほっぺたにキスをした。「トレヴが全部食べて」

「わあい！」顔を輝かせた息子を見て、シドニーは胸がいっぱいになった。私はすべてを手に入れた。健康でかわいい息子、すばらしい親友、快適な生活、仕事、そして世界一ハンサムな男性とのデート。

シドニーはたっぷり一時間、普段はなかなかできない母親業を楽しんだ。トレヴァーとトラックで遊んだあと、風呂に入れて寝かしつける。こんなかわいい子はほかにいないと思いながら。すべすべのおでこに落ちた黒髪を撫でるうちにトレヴァーは眠り、シドニーは子ども部屋をそっと出た。

リビングに入ると、ラニが顔を上げた。「もう七時過ぎよ。夢の男性とのデートに遅れたくなければそろそろ準備しないと」

シドニーはラニと自分の部屋に向かった。さっとシャワーを浴び、化粧を直してからクローゼットに並ぶ服を眺めたが、決められなかった。

「これがいいわ」地味な服が並ぶ中から、赤いサテン生地でつくられたキャップスリーブのシンプルなタイトドレスをラニが選んだ。「あなた、赤がすごく似合うもの」

「赤ね……」シドニーがためらう。「そうかしら？」

「絶対よ。早く着てみて。ダイヤのイヤリングと、おばあさんの形見のダイヤとガーネットのブレスレット。あとは、赤いハイヒールで決まり」

シドニーは着替えをすませると、鏡に映った自分を眺めた。「うーん……」アップにしたブラウンの髪に触れながら尋ねる。「下ろしたほうがいい？」

「ううん、そのほうがすてき」ラニは緩くカールした房をこめかみとうなじに垂らし、ドレスの襟を心持ち広げた。「これで完璧。すごくセクシーよ」

「私はセクシーってタイプじゃないでしょう」

「そんなことない。自分でそう思っているだけよ。すらりとしてめちゃくちゃいい女だわ」

「いい女？　胸がもう少しあったらいいのに。トレヴァーがお腹(なか)にいたときみたいに」

「今だって充分よ。それにあなたのグリーンの瞳、吸いこまれそう」

「そんなこと言われたの、初めてよ」

ラニはシドニーの肩に手を置いて振り向かせた。

「すっごくきれい。私を信じて」

「なんだかどきどきしてきたわ」

「何言ってるのよ、シド。自信を持って」

「彼が現れなかったらどうしよう？」

「馬鹿言わないの」安心させるよう、ラニは手に力をこめた。「さあ、思いきり楽しんでらっしゃい」

 タートルクリークにある〈ローズウッド・マンション〉はダラスのランドマーク的存在で、かつては豪奢(ごうしゃ)な屋敷だったが、今は五つ星ホテルになっている。大理石の床にステンドグラスの窓、手彫りの暖炉。どこからどこまでもエレガントな建物だ。

シドニーが胸を高鳴らせてレストランの待合室に行くと、優雅な曲線を描く錬鉄製の手すりつきの階段、白黒の大理石の床、レセプションデスクでにっこりほほえむ男性が出迎えた。「ミスター・ルール・ブラボー＝カラブレッティはもういらしていますか？」

「どうぞこちらへ」

彼に続いて、テラス席にあるカーテンで仕切られた個室へ向かう。カーテンが開くと、仕立てのいいダークスーツ姿のルールが待っていた。目が合ったとたん、彼は黒い瞳を輝かせて立ち上がった。

「シドニー」一時間前に寝かしつけたトレヴァーと同じくらい無邪気な笑顔だ。「来てくれたんだね」うれしそうだが、ほっとしたような響きもあった。

びっくりだわ。デートの相手が来ないことを心配するような人には見えないのに。そんな繊細な一面を見せられて、彼のことがいっそう好きになる。

「こんなチャンス、逃すわけないでしょう」

銀のワインクーラーで冷やされたシャンパンが注がれた。

「じつはシェフと相談して、君が気に入りそうな料理を選んでおいた。でも自分で選びたければ……」

シドニーは、彼が自分のためにあれこれ考えてくれたこと、何より彼女の気持ちを尊重してくれたことがうれしかった。「ここの食事はみんなおいしいし、あなたが選んでくれたなら間違いないわ」

ルールの瞳に何かが揺らめき、甘く深みのある声が彼女を包んだ。「よかった」彼はうなずいて言った。「じゃあ予定どおりで頼む、ニール」

「かしこまりました。それでは殿……」ニールは一瞬口ごもってから続けた。「テーブル係がすぐにまいります」彼は小さくお辞儀をして立ち去った。

「あの人、緊張してたわね」シドニーがささやいた。

「なぜかな」ルールは軽く流し、ハスキーな声でささやいた。「君はいつも赤いドレスを着るべきだ」

「いつもだったらうんざりすると思うわ」

「君にうんざりするわけがない。昔の歌になかったかな？　赤いドレスのレディを歌った……」

「《レディ・イン・レッド》でしょう？」

「君はあの歌そのものだ。見てると一緒に踊りたくなる」

おだてるのが本当に上手なんだから。でも甘い言葉さえ、彼の口から出ると心から言っているように聞こえる。「お花をありがとう」

彼は手を振った。「さすがにやりすぎだったね」

「とてもうれしかった。じつはあのお花、オフィスのみんなと分けあったの。事務職やデータ入力担当者や人事の人たちと。気を悪くしないでね」

「君にプレゼントしたんだから、好きにしてくれてかまわないよ。それに分けあうのはすばらしい。君は気が強いだけでなく、親切で気前もいいんだね」

シドニーは頭を振った。「ルール、あなたには驚かされるわ」

彼はりりしい眉をつり上げた。「どういうこと？いい意味だったらうれしいけど」

「当然。あなたに褒められると全部信じてしまいそうになるの」

ルールがシドニーの手を握った。とたんに彼女は魔法にかかってしまった。彼といるだけで、手と手が触れあうだけで、胸の鼓動と共にとろけるような喜びが全身を駆け巡る。「じゃあ、冷たくされたい？」

シドニーはぎくっとした。「まさか。なぜ？」

彼が握った手を唇に近づけ、柔らかなてのひらのくぼみにキスをした。甘いときめきが狂おしく体の奥に落ちていく。「君に夢中だ」ルールは熱い息で彼女のてのひらをくすぐったあと、真っ白なテーブルクロスに二人の手を下ろし、指を絡ませた。「君のすべてを知りたい。中には男に刺激を求める女性もいる。〝私のこと好き？　電話くれる？〟と言う女性はじらされるのが好きなんだ。愛されたいと言いながら、じつは愛という名のダンスを、恋愛の不安を楽しみたいのさ」

シドニーは身を乗り出した。そうしたかったし、それが自然に思えた。「ありのままのあなたが好きよ。違う人のふりなんかしないで」

「でも僕だって冷酷になれるよ」シドニーは納得した。彼最大の魅力であるベルベットのように柔らかな心の鞘の中に、光るナイフの意志が見て取れた。

「やめて。卑怯な男にはうんざり。私……」言葉に詰まったそのとき、ウェイターが近づいてきた。いいタイミング。絶対に避けたい話題だもの。

だがルールの目配せでウェイターはきびすを返して立ち去った。「続けて、シドニー」ルールはやさしく促した。「君にひどいことをした男って？」

シド、すばらしい夜を台無しにしたいの？「そんな話、聞きたくないと思うわ」

「いや、ぜひ聞きたい。言ったよね、君のすべてが知りたいと」彼の瞳の色がいっそう濃くなった。ああ、この瞳に永遠に溺れたい。たとえ二度と浮かび上がれなくても。彼と一緒なら……自分が本気でそう願っていることに気づき、シドニーは怖くなった。


「どう言っていいか……」困ったわね。この件には触れたくないのに。具体的な話は避けてうまくかわそう。「優秀だからという理由で私に近づいてくる人がたまにいるの。だけどそのうち豹変する」

彼の瞳に何かが揺らめいた。何か……危険な炎が。

「そんなまねを誰が？」

「そこまで話さないといけない？」

「いや。だけど先に進むには、過去を率直に打ち明けたほうがいいこともある」彼の瞳がまたやさしくなった。すべてを受け入れてくれるやさしさ。

シドニーはため息をついて降参した。「ロースクール時代に同棲していた人がいたの。名前はライアン。愉快でちょっとワイルドな人でね。でも一緒に暮らし始めたその日に仕事を辞めちゃって。ソファに寝転んでビール片手にスポーツ中継を見るばっかり。何か始めたらと私が口にしたとたん険悪なムードになったの。野心満々の女のそばにいると負け犬になった気分だ、おまえに去勢されたも同然だと言われたあげく、テレビが見えないからそこをどけと怒鳴られたわ」

ルールはいかにもヨーロッパの人間といった風情で肩をすくめた。「で、彼を追い出したんだ」

「そう。そうしたら、じつは私をずっと裏切っていたと言いだして。浮気によって男としての自信を取り戻した、ですって。嘘つきの裏切り者よ。その後、恋愛は小休止だったけど、五年後ピーターと出会ったの。私のところより小さめの事務所の弁護士だった。つきあい始めて、ライアンとは違うと思ったわ。怠け者でもないし言い逃れもしない。同棲はしなかったけど、よくうちに泊まっていった。でもしばらくして、〈ティール・ゲイル・アンド・プロッサー〉に入れるよう口をきいてくれと言いだしたの」自分の事務所の名前を口にし、またため息をついた。

「それがいやだったんだね？」

「ええ、だから断ったわ。人脈は大切だし、人の世話をすることもある。だけど恋人が同僚なのは、特に自分の紹介で入社させるのはいやだわ。トラブルのもとでしょう。そのときは彼も納得してくれた」

絡ませていた指に力をこめ、ルールは彼女を元気づけた。「でも、その後は違ったんだね？」

「〝手を貸す〟気はないのかって怒りだしたの。彼、どんどん逆上して。当時私はまだ雇われ弁護士だった。あるパーティで、酔ってパートナーの一人に私の悪口まで言う始末。その後、やっと別れて……」

ぴったりの言葉を探して口ごもる。

ルールが引き継いだ。「もう男はこりごりと思った」目をそらした彼女の顎をとらえ、そっと自分のほうを向かせる。「大丈夫？」その声を聞いて、本気で心配してくれているのだとわかった。

息をのんでうなずく。「ええ。ただこうして振り返ると、私ってだめだなと改めて感じるわ」

「そのライアンとピーターこそ、だめな人間だ」ルールは彼女の瞳をじっと見た。「二人の名字を教えてくれ」

「そんなこと。とうの昔に終わった話よ」

ルールが晴れやかな笑みを浮かべた。「よかった。その言葉が聞きたかったんだ」手を離し、だが人差し指で彼女の顎を悩ましくなぞって、ラニが垂らした後れ毛を指でつまんだ。「柔らかい」低い声でささやく。「君の肌みたいだ。やさしい君の心にも似ている」

「どうかしら。とげがあるどころか悪女かも」そうささやき返す。「ライアンとピーターに訊くといいわ」

「だったら二人の名字を教えてくれ。じっくり話がしたい」

「やめておいたほうがいいと思うわ」

誘うように頬を撫でられ、ハイヒールの中で爪先が縮こまる。

「君が男という生き物にもう一度チャンスを与えてくれるなら」

「そうね。理想の男性が現れれば」

ルールはまだ口をつけていないシャンパンを彼女に手渡し、自分のグラスを掲げた。「理想の男性に」

シドニーはグラスを合わせた。「理想の男性に」おいしいシャンパン。舌で泡が魔法のように弾ける。彼女はグラスを置いた。「子どもはずっと欲しかった」

「でも九人はいらない？」ルールがからかいまじりに答える。

彼女はふと気づいた。そう、惨めな恋の話には先があった。「これは真面目な話。あなたにどうしても打ち明けなければいけないことがあるの」

ルールの顔がとても穏やかに変わった。小首をかしげて待つ様子に、シドニーは不思議なほど親近感を覚えた。「話して」

彼にトレヴァーのことを知ってほしい、いや知ってもらわなければと思った。それで彼が離れていくなら、今この場でわかったほうがいい。これ以上彼にのめりこむ前に、この美しい漆黒の瞳に溺れる前に。「私……」口が乾いて、唾をのみこむ。

そんなに難しいことじゃない。まだ他人同然だもの。彼の関心を失っても、別に平気だ。

待って。ちっとも平気じゃない。彼のことが今の私にはとても大事だ。だってこんなに完璧な人がいる？　理想の男性が夢の中から現れて現実になったみたい。初めて見た瞬間、すでに彼を知っているように感じた。もっと慎重になるべきだった。こんなに簡単に夢中になるなんて私らしくもない。だけどもう遅い。この気持ちはもはや止められない。

シドニーは一目惚（ぼ）れの信者だった祖母を思い出した。エレンおばあちゃんは、おじいちゃんと初めて会った瞬間に恋に落ちたと言ってたっけ。パパとママもそうだったと聞いている。一目惚れする体質ってもらって遺伝するのかしら？　シドニーはふと笑みをもらしそうになった。昔、恋していると思っていたけど、全部大間違い。そう、ライアンのときはこんな気持ちにはならなかった。ピーターのときも。彼らとの関係は冷静に考えて築いていった。相手をよく知ったあと、それなりの期間をかけて好きになった。いえ、そう思っていた。それで結果は？　結局、私は彼らを理解していなかったのだ。ひどく傷ついて別れ、男性には慎重になっていたはずなのに。そう、実際、慎重になっていた。

今日までは。ルールと出会うまでは。

彼といると、心が勝手に動きだしてしまう。一か八（ばち）か賭けてみたくなる。この人には慎重になりたくない。今なら一目惚れ教の信者になってもいい。

私に子どもがいると知っても彼が去らなければ。

シドニーは覚悟を決めて話し始めた。「ピーターと別れたとき、私は三十歳目前だったの。事務所のパートナーになりたかったし、家族も欲しかった。そして自分ならどちらも実現できるとわかっていた」

ルールはゆっくりうなずいた。「でもいい相手に巡りあえなかった」

「そう、だから決めたの。結婚せずに子どもを持とうと。それでトップクラスの精子バンクに行ったの。不妊治療のクリニックのことは知ってる？」

ルールは慎重に答えた。「ああ、精子バンクが何かは」

手が震え、シドニーはそれを見られたくなくて膝に落とした。「そこで受けた人工授精が成功して妊娠したの。私は、健康でかわいい二歳の息子のママなのよ」

「子ども。男の子」彼は噛(か)みしめるように言った。

シドニーは震える両手を膝の上で握りあわせた。心臓が一瞬止まり、またすぐに激しく動きだす。その激しさに胸が痛んだ。ルールとの関係は終わった、そうはっきりわかった。始まってもいないのに。彼が完璧な理想の男性だとか、一目惚れを信じたくなったとか、もうどうでもいい。彼は絶対にトレヴァーを受け入れない。それなら彼との関係も終わりだ。立ち上がって別れを告げ、振り返らずに立ち去ろう。

背筋を伸ばした彼女の手はもう震えていなかった。

「ええ、息子がいるの。かけがえのない、最愛の息子が」

3

二人の関係は間違いなく終わった——シドニーがそう確信した瞬間、ルールがほほえんだ。

笑みを浮かべ、彼女の頰を温かな手で包みこむ。

「すごい。僕は子どもが大好きなんだ。そう言ったろう？　ぜひ会わせてほしいな、明日にでも」

シドニーは目をぱちくりさせ、息をのんだ。吐き気がこみ上げ、思わず胃を押さえる。「なんですって？」

ルールが甘い笑い声をあげた。「僕が君の息子に会いたくないとでも？」顔をしかめてみせる。「わかってないなあ、僕のこと」

「そう……わかってない」深呼吸して、落ちつきなさいと胃に言い聞かせる。驚きで言葉が出なかった。この人はトレヴァーを拒まなかった。二人の関係は終わっていないのだ。席を立ってこの場を去る必要はない。おしゃれなレストランの個室で、信じられないほどハンサムな男性とのディナーをこのまま楽しんでいいのだ。「あなたが今日出会ったばかりのほとんど知らない人だということを忘れそう」

「信じられない」しかめっ面が消えた。「驚いたな、ずっと前から君を知っていたような気がする」

「じつは私も」極上のシャンパンのように笑いが弾ける。「初めてあなたを見た瞬間、そう感じた」

「君も？」その少年のような表情に、トレヴァーの顔が重なる。

「ええ。あなたが見ているのは私じゃないと初めは思ったわ。でもそのうち、なんだか見覚えがあるような気がして、きっとどこかで会ったんだと——」

「見ていたさ、君を」憤慨したように彼が遮った。

「でも男はこりごりだと君は自分に言い聞かせた」

「そのとおりよ。私って馬鹿ね」

「いいんだ。さっきの話で納得した。それどころか喜んでいる。男を避けていなかったら君はもう誰かを見つけていて、僕がくどくチャンスはなかった」

「それは悲劇ね」シドニーはまぜっ返した。

「ああ、最悪の。でも実際、君は男に見切りをつけた。今僕がすべきなのは、男にもう一度チャンスを、と君を説得することだな」彼がグラスを上げ、シドニーもグラスを合わせた。「食事にしようか?」

シドニーは突然、空腹を覚えた。「ええ」

開いたカーテンの向こうにルールが視線を投げると、それだけでウェイターがテーブルにやってきた。

二時間後、ホテルの玄関に立つ二人の前に、シドニーの車が回された。ルールは駐車係にチップを渡し、彼女の手を取って別の方向に歩きだした。「少しだけいいかな」

坂を下りていき、煉瓦の花壇の脇、樫の大木の下の暗がりで立ちどまる。暖かな春の宵が二人を包む。

彼女に向き直ったルールの瞳が闇の中できらめき、長い指が腕の素肌をゆっくりと軽やかに撫で上げた。シドニーはなぜか自分が頼りなく思え、息が詰まった。「シドニー……」肩にあった大きな手が彼女の顔を包む。「シドニー・オシェア、僕は怖かった」

シドニーはとまどい、陰になった彼の顔をのぞきこんだ。「どうして?」

「君が見つからなかったら、出会えなかったらと思うと……」

「ああ、そうね」思わず笑みが浮かぶ。

「うん、そうだ」彼の顔が近づいてきて、こめかみに垂れる巻き毛を甘い吐息で揺らした。

二人のファーストキス? シドニーは唇を差し出した。見つめあったまま、二人の唇が重なる。やがて彼女は目を閉じた。温かく、柔らかく、やさしい……。愛おしむように唇をなぞられ、シドニーは目を閉じた。ランチやディナーの間中、思い描いていた、まさにそのとおりの瞬間に体が震えだす。

「シドニー……」また名前を呼ばれて、唇を開いた。

ふいにもっと近づきたくなった。もっともっと。高まる気持ちに抗えず、ルールにしがみつく。幸せなひとときに、もの欲しげな小さな声がもれた。それを合図に彼がキスを深めていく。きつく抱きしめられ、温もりと引きしまった体を全身で感じる。彼のキスはコーヒーと、二人で分けあったピスタチオ・チーズケーキの味がした。やさしく荒々しく舌で愛撫され……ああ、こんなの初めて。

最高のキス。永遠に続けばいいのに。

でももちろん、そんなわけにはいかない。ルールが彼女の肩をつかみ、名残惜しそうに唇を離した。

「明日」半分閉じた目で彼が言う。肩を抱かれながらやさしく見つめられ、シドニーはうっとりした。

「ええ」明日なんなのかもわからずに、うなずく。

指で頬とこめかみを撫でられ、全身に甘い震えが走った。「朝でいいかな？　君たち親子を迎えに行くよ。そうだな……公園はどう？　ぶらんこや滑り台で遊ぼう。甥や姪は、日だまりの砂場や滑り台で遊ぶのが何より好きなんだ」

「あら、ごきょうだいにお子さんがいるの？」

ルールはうなずいた。「兄のマックスに子どもが二人いる。それより明日のこと、イエスかな？」

「もう言ったでしょう」

「もう一度頼む」

「イエス。その前にうちで朝食はどう？　親友のラニにも会ってほしいし。大学の英文科を出て、今は住みこみで家事や息子の世話をしてくれているの」

「ああ、ぜひ」

「言っておくけど、うちの朝食はかなり早いわよ」

「早いって何時？」

「七時半」彼の手を取り、無意識に指を絡ませる。どきどきした。なぜか自然な気もする。自分の手が彼の手にしっくり収まる。「来て」車のほうへ彼を引っぱっていく。「住所と電話番号を教えるわ」


「あれ、マイケルは？」十一時十五分に自宅に戻ると、シドニーはラニに尋ねた。ソファには、ひよこ柄のフランネルのパジャマズボンに黄色のキャミソール姿の彼女しかいない。

「一世一代のデートはどうだった？」わざとらしい笑顔でラニが訊く。

赤いハイヒールを脱ぎ捨て、ラニの隣に腰を下ろす。「最高だった。もう彼のことで頭がいっぱい。明日、朝食に招待したんだけど、よかった？」

「もちろん。ばっちり彼をチェックしてあげる」

「きっと太鼓判を押すと思うわ。できれば、特製の卵料理をつくってほしいんだけど……」

「了解」ラニは眼鏡をサイドテーブルに置いた。

「ねえ」シドニーはラニが顔をこちらに向けるのを待って、彼女の柔らかな黒髪を耳にかけた。「質問に答えてないわよ。マイケルはどこ？」

ラニの大きな瞳が曇り、たっぷりした唇の端が下がった。「今夜あなたがいそいそとお化粧して髪をセットし、ドレスを迷っているのを見て……これだと思ったの。求めているのはこのときめきだって」

「ああ、ラニ……」

ラニはしょんぼりと肩を落とした。「あなたが出かけたあとマイケルが来た。彼はいい人だけど……ああ違う、運命の相手はこの人じゃないと感じたの」笑いながら首を振る。「言ってる意味わかる？」

シドニーが手を伸ばすとラニが身を寄せ、二人は抱きあった。「うん」シドニーが親友の芳しい髪にささやいた。「わかるわ、すごくよくわかる」

　翌朝、玄関のベルが七時半きっかりに鳴った。

「きた！」トレヴァーが手を握ってテーブルを二度叩(たた)いた。「こんこん！　こんこん！　だあれ？」

　シドニーはミルクで汚れたほっぺたにキスをした。

「シリアルを食べちゃって」

「バナナ」トレヴァーが笑う。「バナナ、だあれ？」

「コーヒーはいれてあるし、フリッタータはオーブンの中。シド、出てくれる？」ラニが声をかける。

「オレンジ、バナナ」訳のわからない、こんこん遊びにトレヴァーは夢中だ。ご機嫌な顔でテーブルをスプーンで叩き続ける。「オレンジ、バナナ……」

　ラニが彼からスプーンを取り上げた。「自分で食べないなら、食べさせるしかないわね」

「やだよ、ラニ！　じぶんでたべる！」

「ほんと？」

「うん！」

　ラニはスプーンを返しながらシドニーに声をかけた。「ほら早く出ないと」玄関のほうに頭を傾ける。

　シドニーはルールを招き入れた。心臓が宙返りする。「いらっしゃい」緊張でおかしな声になった。

「おはよう、シドニー」とろけるキャラメルのような声が返ってきた。見るたびにハンサムになっていく……そんな男性がいるものなの？　ルールはそうだ。四月のきらめく日光を浴び、黒髪は烏(からす)の羽のようにつややかだ。甘い笑顔を見て、シドニーの心臓がまたひっくり返る。彼は片手に黄色い巨大なトラック、もう片方の手に赤いボールを持っていた。

「戦闘態勢を整えてきたのね」

　ルールが肩をすくめた。「経験上、男の子が好きなのはトラックとボールだからね」

「そうね。どっちもすごく好きだわ」見つめると、彼も見つめ返してきた。時が止まり、まわりの壁が一瞬で消えた。開いたドアの向こうにいるのはルールだけ。彼が世界のすべてになる。

そのとき息子が上機嫌で叫ぶ声がキッチンから聞こえてきて、シドニーは我に返った。「オレンジ、バナナ、バナナ、オレンジ……」

ラニが何か言っている。おそらく〝シリアルを食べなさい〟とかなんとか。

「あの遊びが始まると、もう止まらないの」でもモンテドーロではこんな遊びはないかもしれない。

「さあ、入って」

そう促して彼の背後でドアを閉めたとたん、肘をつかまれた。ルールはいつのまにかボールを抱え、同じ手にダンプカーを持ちかえていた。「その前に」

シドニーが振り向くと、やさしい瞳が見つめていた。何？　この胸のときめきは。光り輝き、可能性に満ちている。

抱き寄せられて、シドニーは吸い寄せられるように広くて居心地のいい彼の胸に飛びこんだ。たくましい腕に抱かれるのは赤いボールと黄色いダンプカー、そしてこの私……。「何？」

「これ」キスが落ちてきた。じらすような、それでいてやさしいキス。よく晴れた土曜の朝にぴったりのキス。彼がほほえむのを唇に感じる。キスのあと、黒いベルベットの瞳に期待をにじませ、ルールが言った。「君のかわいい息子に会わせてくれる？」

「こちらにどうぞ」

初めのうち、トレヴァーは恥ずかしそうにしていた。大きな黒い瞳を見開き、ラニに紹介されているルールを神妙に見つめている。

「この子がトレヴァーよ」シドニーがトレヴァーに顔を向けて言った。

「こんにちは、トレヴァー。ルールだよ」

トレヴァーはシリアルで口をいっぱいにしたまま、ただじっと客を見つめた。

「〝こんにちは〟は？」シドニーが促す。

でもトレヴァーはそっぽを向いた。

ルールはシドニーをちらりと見てほほえみ、小さな子には慣れているから平気と無言で知らせた。そしてボールとトラックを壁際のサイドテーブルの下に置き、コーヒーをもらって女性二人の間に座った。

ラニが切り分けた自慢のフリッタータを、ルールはコーヒーと共に絶賛した。コーヒーはラニが厳選した豆を挽き、コーヒーメーカーで抽出したものだ。

ラニは初めから打ち解けた様子だったが、自分が専攻した英文学の話題を彼が持ち出すと、顔を輝かせた。たちまち二人はその話題で盛り上がり、シェークスピアでは『テンペスト』が好きとラニが言うと、彼は『リア王』が好きだと返し、それもいいけれど頑固で愚かな王たちは許せないとラニが顔をしかめた。シェークスピアには詳しくないシドニーだが、西部劇以外に関心のないテキサス男たちと一線を画すルールの読書家ぶりがなんだかうれしかった。

「シドニー、君はシェークスピアでは何が好き？」

シドニーは肩をすくめた。「『夏の夜の夢』のお芝居を見たわ。とても面白かった。誤解から恋する相手を取り違えて、でも最後は元の鞘に収まって」

「ハッピーエンドが好きなんだね」

「もちろん。現実はそううまくいかないけど」

「ぼく、トラックがすき！」突然トレヴァーが人見知りに打ち勝って会話に加わった。

ルールが笑顔を向ける。「へえ。ボールは？」

「あかいボール！　うん、すき！」

「よかった。あそこにトラックとボールがあるだろう。君へのプレゼントだよ」

トレヴァーはまたそっぽを向いた。知らない大人に見つめられてまた照れてしまったらしい。

「〝ありがとう〟でしょう？」シドニーが言った。

「ありがと、ルー」トレヴァーは素直にくり返したが、顔をそむけたままうつむいた。だがルールのほうはすっかりトレヴァーに魅了されたらしく、視線をそらさない。ルールはトレヴァーを見つめ、トレヴァーは目を合わせられない――そんな二人の様子を見ているだけで、シドニーの心臓はますます華麗なアクロバットを披露した。

するとルールが言った。「こんこん、こんこん」

トレヴァーはよそを見ていたが、返事をした。

「だあれ？」

「ワンダだよ」

トレヴァーはちらりとルールを見てからそっぽを向き、また横目で見た。「ワンダって？」

「ワンダ印のクッキー、知ってるかい？」

トレヴァーがゆっくり顔を上げてルールを見た。

「うん、しってる！　ちょうだい！」

薄手の高級ジャケットのポケットから動物クッキーが出てきた。ルールは視線でいいかとシドニーに尋ね、彼女がうなずくのを確かめてから差し出した。

「がおーっ。ライオンだぞ！」トレヴァーが叫んでライオン型クッキーを口に放りこんだ。「おいしい！」ばりばりと食べる。「ありがと！　オレンジ！　バナナ！　こんこん！」

トレヴァーはさらに二度、ルールにこんこん遊びの相手をしてもらった。ルールは落ちがまるでわかっていないにもかかわらず、楽しそうにしている。

「あらあら、終わりそうもないわね」ラニはため息をついたあと、にやりとした。「仕方ないけど」

「おしまい！」ようやくトレヴァーが言った。「ママ、おりる！　こんどはトラック！」

母親に濡れタオルで顔と手を拭いてもらいベビーチェアから下ろされると、ルールのほうへ一直線に走っていく。「ルー、こっち。トラックであそぼ！」

「あなたをご所望みたい」

「こんな光栄なことはほかにない。いや、もう一つあるか」

　黒い瞳に浮かんだいたずらな光がその言葉の意味を語る。そこには甘いキスと、もっと楽しそうな行為がほのめかされているのをシドニーは悟った。

　ルールはリビングのソファにジャケットを投げ、トレヴァーのそばに膝をついた。トレヴァーが自分のおもちゃのトラックを全部持ち出してきて、二人はぶるんぶるんとうなりながらトラックをぶつけ始めた。シドニーとラニはテーブルを片づけて食器洗い機に皿をセットした。そのあと、家に残ると言うラニを除いた三人で、近所の小さな公園へ向かった。ほんの二ブロック先なので、シドニーとルールは間にトレヴァーを挟み、三人で手をつないで歩いた。

　トレヴァーは外遊びが大好きだ。普段は人見知りが激しいのに、ルールには朝食の席での短時間にすっかり気を許してしまったようだ。瀟洒な家々や手入れの行き届いた庭の前をのんびり歩きながら、ぺちゃくちゃとしゃべり続ける。「ルー、ぼく、はやくあるける。つよいの！　たのしいな！」

　ルールはそうだねと感心してあげた。トレヴァーが楽しがるなんて、すばらしい！「僕も楽しいよ」ルールは言って、シドニーとほほえみあった。

　するとトレヴァーはまずルールを、続いて母親を見上げ、またルールに視線を戻した。「ママもたのしい！」はしゃいだ声をあげる。「こんこん！」

「誰ですか？」ルールが応え、またこんこん遊びが始まった。

　公園に着き、ぶらんこや回転遊具などでたっぷり三時間遊んだ。シーソーの片側にシドニー親子、反対側にルールが乗った。ルールがうんざりするサインをシドニーは見逃すまいとしたが、彼は心から楽しんでいるようだ。

「ぼく、つかまえて！」そう叫んでトレヴァーがコンクリートのトンネルを滑り下りると、高価な服が汚れるのも厭わず、ルールが笑いながら追いかけた。

トンネルを抜けて顔を出したトレヴァーのすぐ後ろからルールが〝がおお〟と脅かし、トレヴァーがうれしそうな悲鳴をあげた。

「もうおしまい」十一時を少し過ぎた頃、ついにトレヴァーが声をあげた。実際、遊び疲れたのだろう。

帰り道は行きより時間がかかった。疲れきったトレヴァーは足を引きずり、隙あらば座りこもうとした。ようやく家にたどりつくと、ラニがトレヴァーを浴室に連れていき、外出前につけたおむつを外して、最近はき始めたトレーニングパンツに替えた。

シドニーとルールは、玄関でのキス以来やっと二人きりになれた。「息子と遊んでくれてありがとう」

ただ見るだけでは足りないとばかりに、ルールはシドニーをひたと見つめた。そのまなざしが彼女は大好きだった。「僕もすごく楽しかった」そしてあのチャーミングな堅苦しい言い方でつけ加えた。

「今日はお招きありがとう、シドニー」

「こちらこそ。トレヴも大喜びよ。疲れたでしょう?」

ルールが顔をしかめる。「それ、帰れってこと?」

シドニーは笑った。「やだ。でも一日中トラックのぶつけっこやこんこん遊びをしてうんざりでしょう? だから帰る口実をつくってあげただけ」

「迷惑でなければ、まだ帰りたくないな」

「迷惑だなんて」シドニーの心臓が今度は側転を始めた。「とんでもない」

本当はもっと慎重にならなきゃ。ブレーキをちょっと踏んで。でもシドニーはそうしたくなかった。彼はまだ帰りたくないと言う。私ももっといてもらいたい。だったらどうして追い払う必要がある? 彼が望むならランチまで、ディナーまでいてもらってもかまわない。いいえ、このままずっといてほしい。そうなったら本当にうれしい。彼のそばにいて願うことはただ一つ、次の瞬間も一緒にいたいということだ。次も、またその次の瞬間も。彼と一緒だと、なぜかいつもの慎重さをなくしてしまう。

またつらい思いをすることになる？　いいえ、一緒にいればいるほど、彼こそ私を心底愛してくれる理想の男性だと思えてくる。しかも子ども好きで、私たち親子と公園で遊ぶのを心から楽しんでくれた。信頼を裏切るようなことを彼がしないかぎり、疑心暗鬼になる必要はない。シンプルに考えよう。

「トレヴァーとラニも連れて、ランチに出かけないか？」ルールが誘った。

「ありがとう。でもトレヴはすぐお昼にしなくちゃ。それに朝からはしゃいでいたから、そろそろぐずりだすと思うの。軽く食べさせてお昼寝させるわ。たぶん二時間は寝るんじゃないかしら。それより、午後もここでのんびりしていてかまわないの？」

「僕は何より、君たち親子とここでのんびりしていたい」当然のように言われ、シドニーにはそれが単なる社交辞令ではないとわかった。

「うれしい」二人はうなずきあい、お互い同じ気持ちだと確認した。

シドニーの言ったとおり、トレヴァーはランチの間ぐずりどおしだった。それでも大きなボウル一杯のチキンライスをたいらげ、ベッドに連れていかれたとたん、こてんと眠りに落ちた。

そのあとシドニーとルールは冷蔵庫をのぞき、チーズとクラッカー、ぶどうを持って裏庭に向かった。プール近くの樫の木の下に腰を落ちつけると、ルールは家族の話を始めた。二年前、兄マックスの妻が水上スキーの事故で亡くなったこと、悲しみに暮れながらも兄が一人で二人の子どもを育てていること。

「マックスとソフィアはとても幸せな夫婦だった」ルールの瞳が陰りを帯びた。「幼なじみだった二人は当時から結婚の約束をしていた。ソフィアのいない人生が兄にとってどれほどつらいか」

「想像すらできないわ。若くして真実の愛を見つけ、家族を持って共に年を重ねられる人たちをいつもうらやましいと思っていた。お兄さんたちが長く一緒にいられなくなってしまったのは本当に残念ね」

クッションつきの椅子に向かいあって座った二人の間には、チーク材のローテーブルがあり、その上にチーズとぶどうをのせた大皿がのっている。彼が伸ばしてきた手をシドニーはためらわず握り、引き寄せられるまま身をゆだねた。

片腕が肩を抱き、顎に添えたもう一方の手が顔を上に向ける。そしてゆっくりと甘いキスを交わした。唇を開くと、彼がささやいた。「君の唇の味、体が押しつけられる感触が好きだ」

シドニーは彼の絹のような髪に触れた。奇跡としか思えない。ここにこうして二人でいて、好きなだけ彼に触れ、彼が触れたいと思う相手でいられることが。「ああルール、私たちどうしてしまったの?」

またキスをされた。今度はすべてを独り占めしようとする激しいキスだ。「わからないか?」

「わかるけど……。あなたみたいな人をずっと待っていた。あんまり幸せすぎて夢のよう」

「震えているね」

さらに抱き寄せられ、シドニーはかすれた笑い声をもらした。「もう危険なとげはない?」

「おいで……」たくましい腕にきつく抱かれ、彼の頬が髪に触れるのを感じる。樫の木の下にそよ風が吹いた。午後の暖かな空気をかきまぜ、ひんやりと心地いい。「怖がらないで。君を傷つけはしない。やっと君を見つけて、うれしくてたまらないんだ」

「あら」シドニーがからかう。「昨日は探していたわけじゃないって言っていたくせに」

「許してくれるかな?」

シドニーはじっくり考えるふりをしてからささや

いた。「努力はしてみる」

「よかった。じつは生まれたときからずっと探していた。やっと捕まえた君をもう絶対に離さないよ」

「私もよ」彼の厚い胸板に触れると、力強い鼓動を感じた。「もう怖くない」でもすぐにため息をついた。「いいえ、怖いわ。少しだけど」

「だめ男のライアンやピーターのせいで？」

彼女はうなずいた。「今まで男運が悪かったから」

髪にキスの雨が降る。「そうかな」

「間違いないわ」

「今まではね」彼が訂正した。

シドニーは首をそらし、黒い瞳と視線を合わせた。そう、この人なら信じられる。「今までは」小声で、しかし力強くくり返す。

「今夜また迎えに来る。夕食のあと踊りに行こう」

ラニは今夜は休みの予定だが、子守りを頼める相手はほかにもいる。「ええ、喜んで」


トレヴァーは午後三時少し前に目を覚ました。すっかり元気を回復して遊ぶ気満々だ。ルールは喜んでその願いを聞いてやり、一緒にブロックで城をつくった。トレヴァーはでき上がったとたん、ぐらぐらするその作品を大喜びで床に倒した。そのあと三人で庭に出て、フェンスで囲んだトレヴァー専用の遊び場で赤いボールを転がして遊んだ。そのあとまた家に入り、〝夕食の時間よ〟とラニがトレヴァーを呼びに来るまで、男二人でトラックで遊んだ。

シドニーはただもう、ルールに感心するばかりだった。あんなに小さな子と何時間遊んでも、心から楽しそうにしている。本当に子どもが好きなのだ。絶対にいいパパになるわ、ついそう思ってしまう。

五時二十五分になり、ルールが運転手に迎えに来るよう電話した。

「ルー、バイバイ。またきてね。ぜったいだよ！」

ラニと手をつないで浴室に続く階段に行く途中、トレヴァーが立ちどまって手を振りながら叫んだ。

「バイバイ、トレヴァー」

「トラックであそぼうね！」いつものように階段を四つん這いで上りながら、トレヴァーがまた叫ぶ。

「よし」ルールはうなずき、トレヴァーが上っていくのを見守った。「トラックだね。約束だ」

だがトレヴァーは、踊り場へ消えていくときにはもう、ラニとこんこん遊びを始めていた。そうして二人の姿が見えなくなると、ルールが広げた腕の中へシドニーが飛びこんだ。

キスを交わしたあと、シドニーの手の甲にルールが唇を押しつけた。「本当にかわいいな、トレヴは。それにすごく賢くて、ママそっくりだ」

彼女はふざけて答えた。「〝気が強い〟も忘れずに。あの子はすごく強いの。訊いてみるといいわ」

「うん、覚えておこう。気が強くてしっかり主張もできるんだね。彼の誕生秘話を話してくれてうれしかったよ。だめ男のライアンとピーターのこともね。僕を信頼してくれている証拠だ」

「正直に言ったほうがいいと思ったのよ」

「そうだね」彼の瞳を何かがよぎった。何か影のようなもの。不安？　心配？

シドニーの鼓動が速くなる。「ルール、どうかした？　何かあるの？」

「じつは君に話さなくてはならないことがある」

シドニーの心臓が猛スピードで打ち始めた。胃がむかむかして気分が悪くなる。そう、そうよね。これほどすてきな人が現実にいるわけがないもの。

「教えて」小声だが、穏やかとは言えない口調になった。こんな簡単な言葉を紡ぐだけなのに、鋼の糸を使ったことにきっと気づかれてしまっただろう。

「母を尊敬していると前に言ったよね？」

シドニーはとまどった。「告白ってお母さんのこと?」そっと頬に触れられて、胸が締めつけられる。やっぱり私、この人が好き。好きで好きでたまらない。だけどこれから聞く話で、すべてが夢と消えてしまうのね。

「いや、正確には母のことじゃない」

「どういう意味? どっちなの?」

「シドニー、僕はね、いろいろな意味で母を尊敬しているが、その理由の一つは国の統治者だからだ」

「え? あなたのお母さんが国の統治者?」きっと聞き違いだ。

「僕の母は女大公アドリエンヌ二世、モンテドーロ公国の元首だ。父はその配偶者、エヴァン公」

「待って、もう一度言って。聞き間違えたみたいなの。今あなた、元首って言った?」

「ああ、母は国家元首で父はその夫、兄のマクシミリアンが後継者だ。兄に子どもが生まれる前は、僕が第二位の公位継承者だった」

4

シドニーはぽかんと口を開けて彼を見上げた。

「あなた、王子なの? 〝王子様みたいな人〟じゃなくて、本物の王子? 王様の息子の」

彼は笑った。「まあ、だいたいそんなところだ」

「だいたい?」

「厳密に言うとモンテドーロを統治するのは王ではなく大公だ。〝王冠を戴く〟ではなく〝玉座に就く〟のほうが正しい。直系の子や孫、その配偶者だけが〝ロイヤル〟の敬称を名乗り、公位継承権を持つ。つまり、今僕はモンテドーロ大公のロイヤルファミリーだが、兄が大公となればロイヤルとは呼ばれなくなるんだ。だがそれでも、僕の一家の紋章と家族それぞれのモノグラムには王冠の形が残る」

シドニーの口はまだ開いたままだった。「全然理解できないわ」

ルールは顔をしかめた。「そこまで詳しくわからなくていいよ」

モンテドーロの大公子？　そんな馬鹿な。「待って、今思い出したわ。エヴァン・ブラボーって、もしかして、あなたのお父上は映画スター？」

彼がうなずいた。「当時はスキャンダルになって、マスコミが大騒ぎしたそうだ。女大公が映画俳優と結婚し、大勢子どもを産んで幸せに暮らしました」苦笑して続ける。「シドニー、顔が青いな。座ろうか？」

「いいえ、大丈夫」

「僕のパスポートを見る？　外交官用だけど」

「ああいいの。もちろん、あなたの言ったことは信じてる」それでもシドニーは不安げにきょろきょろとまわりを見回した。大がかりな嘘で人を騙すテレビ番組のスタッフがひょっこり顔を出すのではないかと思ったのだ。もう一度彼を見上げ、険しい表情をつくって言った。「でも、なぜもっと早く言ってくれなかったの？」

「うん」ルールがすまなそうな顔になる。「タイミングが見つからなくて。身分を明かす前に、少しでも僕のことを知ってもらいたかったんだ」

「じゃあ、昨夜レストランでウェイターが緊張していたのは……」

「彼は僕を知っていた。宿泊客だからね」シドニーの顔を上に向かせる。「でも、どうでもいいことだ」

「どうでもよくないわ」

「君がどうでもいいと思ってくれさえすれば。だって僕にとって何より大事なのは……」ルールはいきなり彼女の唇を奪った。

キスが終わる頃には、シドニーも彼に同意したくなっていた。「ルール……」頭がくらくらし、膝が震えて彼にしがみつく。

「もう行かないと」ルールが残念そうに言い、彼女の髪を撫でながらやさしい目で見つめた。私、どうしようもなくこの人が好き。別れたらすぐに、彼の名前を検索してみよう……。ルールが口角をきゅっと上げてセクシーにほほえんだので、シドニーはノックアウト寸前だった。「今夜迎えに来る前に、インターネットで僕のことを調べたらいい」

シドニーは首を振った。「私のこと、どこまでわかってるの？　昨日出会ったばかりなのに」

「理由を説明すると長くなる。許してほしいな」

「許したいけど……頭がくらくらして」

「最後にもう一度キスしたい……」

二人はまたキスを交わした。だめなんて言えるわけがない。いいえ、だめなんて言いたくない。

キスを終えるとシドニーはドアを開け、通りで待つリムジンに駆けていくルールを見送った。

黒い大型リムジンが見えなくなり、シドニーは今夜の予定をラニと相談するため二階に上がった。ラニはバスタブに湯を張っているところだった。トレーニングパンツ姿のトレヴァーが浴室の床に座り、目や耳がつけかえられるポテトの顔をした人形で遊んでいる。

「ラニ……」

「ん、何？」適温にしようと、ラニが湯の蛇口を少しだけ回す。

「今夜あなた、出かける予定だったわよね？」

「うちにいるわ。なんならトレヴを見てあげるけど」

「よかった、ありがとう」話がついた。

「ママ、みて！」トレヴァーが人形を持ち上げ、新しく完成した顔を見せた。口髭の上に大きな赤い唇があり、おでこの真ん中には目玉が一つしかない。

シドニーはかがんで息子にキスをした。「ママ、ごほん、よんで」

「いいわよ、お風呂のあとでね」

「やったあ！」トレヴァーは人形の赤い帽子を外し、プラスチックの青い耳に手を伸ばした。

シドニーはまたトレヴァーにキスをしてから階段を駆け下り、パソコンのある玄関脇の書斎に入った。トレヴァーがお風呂から上がって探しに来るまで二十分はある。検索は得意なほうだから、すぐに情報を集められるだろう。トレヴァーが抱きついてくるまでに、ルールのことをいろいろ調べてみよう。

彼の両親のロマンスと結婚に関する検索結果は、何ページにも及んだ。エヴァン・ブラボーは、ジェイムズとエリザベスの七人の息子の二人目としてサンアントニオで生まれた。横暴な父親に嫌気が差し、ハリウッドで一旗上げようと家を出たのが十八のとき。大スターにはならなかったが、運と才能が味方したのだろう、巨額の製作費をかけた大ヒット映画『ロス市警おとり捜査官』で屈折した二枚目刑事を演じ、二十五歳で主要な映画賞の助演男優賞を手にした。その後モンテドーロのアドリエンヌ女大公と出会って激しい恋に落ち、世紀の結婚へと至った。第一子マクシミリアンの誕生は国を挙げての祝事となったが、唯一の世継ぎだったアドリエンヌ女大公はできるだけ多くの子どもを望まれていたこともあり、のちの十一年間にさらに八人の子を出産して期待に応えた。

マクシミリアンの妻ソフィアの悲劇的な死を報じる記事も見つけた。ルールから聞いたとおり、水上スキーの事故で溺死したということだ。またルールのすぐ下の弟アレクサンダーが中東でテロリストに拉致され、四年間拘束されたのち勇敢にも逃亡を企てて、数カ月前に奇跡的に生還したことも知った。

ルール本人はアメリカのプリンストン大学で学位

を取り、その後貿易で公国に多大な貢献をすると共に、さまざまな慈善活動を幅広く支援し、多額の寄付をしていることでも知られていた。また独身でハンサムな彼は、長年数多くの有名モデルや女優との関係を取り沙汰されてきたが、どれも長くは続かなかったらしい。島国アラゴニア王国の王位継承者で幼なじみのリリアナ、通称リリ王女との結婚を〝期待〟されているとの記事もあったが、今のところ正式な婚約発表はされていない。

噂のリリアナ王女の画像を検索してみると、ブロンドに青い瞳の美しい女性で、まさにおとぎばなしのお姫様のようだ。シドニーは急に不安になり、唇を噛んで椅子をくるりと回した。リリ王女？　ルールはこの〝幼なじみ〟については一言も言わなかった。今夜、何がなんでも訊いてみなくちゃ。

「ママ、ごほん、よんで！」

パソコンから顔を上げると、開け放してあった戸口にトレヴァーとラニが立っていた。

ラニが言った。「邪魔してごめんなさい。トレヴァーが、本を読んでもらう約束をしっかり覚えていて」

「もちろん読んであげるわよ」

風呂上がりのトレヴァーは全身ピンク色に染まり、とてもかわいかった。コミックのヒーロー柄のパジャマ姿で母親の腕を引っぱる。「ママ、はやく」

リリアナ王女についてさらに調べるのは後回しだ。息子を抱っこして二階に上がると、トレヴァーが選んだ本がすでに並べられていた。

やがてトレヴァーが眠りに落ち、シドニーは大急ぎで出かける支度をしながら、ルールがモンテドーロのプリンスだということをラニに告げた。

「ええ！　紹介されたとき、膝を曲げてお辞儀しそびれちゃった」

「今さら遅いわ」シドニーが鏡に近づいて化粧をしながら言う。「私はちっともかまわないけど」

「プリンスと結婚するってどんな感じかしらね?」

「結婚? 彼とは知りあったばかりなのよ」

「でも二人が本気なのは伝わってきたわ。そうでしょう?」

シドニーはパウダーブラシを置き、親友を振り返った。「まあね。今夜は帰りが遅くなるかも」もちろん、リリアナ王女との結婚を打ち明けられたらそれはない。さっさと帰宅してラニの肩に顔を埋(うず)めて泣き、今後十年は男性とつきあうまいと誓うだろう。

「わあ、シド……」ラニは支度を終えたシドニーを抱きしめてから体を離し、彼女をまじまじと見た。

「すごくきれい。そのドレスを着ると瞳の色が引き立つわね」ため息をついて続ける。「楽しんできて」

「ええ」シドニーは髪を撫でつけ、とりあえずリリアナ王女のことは頭から追い出そうと思った。

八時になり、ルールがリムジンで迎えに来た。

スモークガラスのドアを開けて乗りこんだとたん、シドニーは前部座席に男性が二人いることに気づいた。制帽と制服姿の運転手の横にいるのは、首の太い短い角刈り(クルーカット)の軍人風の男だ。耳に無線機をつけ、夜だというのにサングラスをしている。

シドニーはルールに身を寄せ、たくましさと温(ぬく)もりとアフターシェーブローションのかすかな香りに浸った。「まさか常勤のシークレット・サービス?」

ルールは肩をすくめた。「今の時代、護衛はある程度必要なんだ。悲しい現実さ」

今夜もすてきなレストランの個室に案内された。

メインコースが出されると、シドニーはずっと気になっていた話題を持ち出した。「それで、アラゴニアのリリアナ王女とはどうなっているの?」

ルールは苦笑した。「僕のことを調べたんだね」

「調べないと思ってた?」

「いや、絶対調べるとは思っていたけど」

「王女と結婚すると、もっぱらの噂だけど?」

彼はシドニーの目を見た。「噂をそっくりそのまま信じるような君じゃないだろう?」

「はぐらかさないで」シドニーは椅子の背にもたれ、ミネラルウォーターを一口飲んだ。

「リリは八つも年下で、妹みたいなものだ」

「でも妹じゃないわ。血はつながっていない」

「わかった」ルールがきっぱり言った。「リリアナと結婚する気はない。婚約者でもないし、プロポーズしたこともない」

「でも彼女はそのつもりなんじゃない? 結婚してくれると信じているかも」あてずっぽうだった。

ルールは目をそらさなかったが、明らかに予防線を張っている。「僕を……尊敬しているとは思う」

ひるんでこの話をこれっきりにするとでも思ったの? だとしたら甘く見られたものだ。「はっきり言って。彼女は結婚するつもりなんでしょう?」

ルールも椅子の背にもたれた。顔つきも声も妙によそよそしく感じられる。「リリアナの肩を持つわけじゃないが、彼女はやさしくてかわいい女性だ。僕と結婚すれば似合いの夫婦となり、両国の絆(きずな)を強くするだろう」

シドニーはぴしゃりと言い返した。「それなら彼女と結婚す**べき**よ」

「それだけじゃない」黒い瞳が暗さを増し、謎めいて見えた。その瞬間、シドニーははっとした。考えてみれば、彼のことは何も知らないのだ。一緒に過ごした夢のようなひとときはそれだけのこと、つまり現実ではなく夢だった。この幸せはすべてファンタジー。まもなく真実が姿を現して終わりを告げる。もうまもなく……。

ルールの声が聞こえた。「僕が三十三歳になる前に結婚しなくてはと言ったのを覚えているかい?」

「ええ」

「からかっただけだと思った?」

「と言うより、早く身を固めて孫の顔を見せてほしいという、親からのよくあるプレッシャーかなと」

「プレッシャーどころじゃない。法律なんだ」

シドニーは彼を横目で見た。「それこそ冗談でしょう?」

「大真面目だ。モンテドーロ公国は昔フランスの保護領だったせいで、今でもいろいろと干渉を受けている。数多くの条約を結び、その一つにフランスがモンテドーロの主権を保障するというものがある」

弁護士であるシドニーはそれを聞いてぴんときた。

「そこが問題なのね?」

「そうだ。カラブレッティ家は公位の正式な継承権を持ってはいるが、次の大公を承認するのはフランス政府なんだ。もし大公の座が空席になると、モンテドーロはフランス保護領に逆戻りすると規定されている。そこで一族は跡継ぎをつくる努力をすべく、法律を定めた。カラブレッティ家の人間は男女問わず三十三歳になる前に結婚を義務づけられ、守れなかった場合はすべての称号と財産を剥奪される。そして僕は今度の六月二十四日に誕生日を迎える」

「あと二カ月半ね」

「そうだ」彼は穏やかに言った。

シドニーはそのときはっきりと理解した。その気はないと言っていたが、彼はやはりかわいいリリアナ王女と結婚するつもりなのだ。私とのことはただの……なんなのかしら? 長い間プレッシャーになっていた責務をついに果たす前のつかのまの火遊び。モンテドーロに戻って幼なじみのブロンドのプリンセスと結婚し、大勢のかわいい子どもをつくる作業に取りかかる前の最後の情事にすぎないのだ。

でもなぜ? 最後の情事を楽しむだけなら、なぜその相手が私なの? 私は多忙なシングルマザーで、すでに結婚が決まっている男性との恋愛ゲームなんて絶対お断りなのに。こと男性に関して言えば、充分すぎるほどの失望を味わってきた私相手に、本当に勘弁してほしい。早い話が、こんなくだらないことに割く時間はないのだ。

今シドニーは、死ぬほど彼に腹を立てたかった。なのに、それができない。考えれば考えるほど自分が惨めに思えて、顔を両手で覆って泣きたかった。

いいえ、そんなことできるものですか。オシェア家の人間はそんなに弱くない。取り乱して泣き崩れる姿をルールに見られるのは絶対にいやだ。だから冷ややかに言った。「ぎりぎりじゃないの」

「ぎりぎりどころじゃない。じつは、本当にリリアナに結婚を申しこもうかと思っていたんだ」

まあ驚いた。「どうしてやめたの？」

「妹のように思っている女性と結婚したい男はいないよ。たとえ彼女が人間的にすばらしくても、継承権や国を守るためだとしても。だから先延ばしにしてきたんだ」

「ルール、うじうじ迷うのはやめて、覚悟を決めて計画どおりにすべきよ」

彼の口元にあの笑みがゆっくりと浮かんだ。「プリンスはうじうじ迷ったりしない」

「言い方はお好きなように。私にはうじうじして見えるけど」

「認める気はないが、仮に僕が今までうじうじしていたとしても……もう違う」

シドニーは顔をしかめて天井を見上げた。「ええと、話がよくわからないわ」

「リリアナとは結婚しないと決心がついた。一瞬ですべてが変わったから」

シドニーには話がどこに向かうのかわからなかったけれど、どうでもいいことだと自分に言い聞かせた。大事なのは、彼との関係は終わったということ。いいえ、終わりにしなくては。まだ始まってもいないのに終わってしまったのだ。「〝一瞬で〟」皮肉たっぷりに彼の言葉をくり返す。「つまり……突然雷に打たれたように気づいたわけね？　かわいいリリ王女とは結婚しないぞ、と」

「そうじゃない」

「話についていけない」

「簡単だ。一瞬ですべてが変わったが、リリと結婚できないと決心するには少し時間がかかった」

「どういうこと？」

「昨日のランチのあとだよ」

「何が起きたっていうの？」

「君はさよならと言って車に乗りこみ、走り去った。それを見ながらこのまま君に二度と会えなくていいのかと自問し、無理だとわかった。そのときリリと結婚はできないと悟ったんだ」

「じゃあ、突然の雷なんてないじゃない」

「いや、雷に打たれたのは君が毅然と百貨店に入っていくのを見た瞬間だ。その確固とした足取りや堂々と歩く姿を見た瞬間、リリアナは僕の心から跡形もなく消え、君のことしか考えられなくなった」

シドニーは口をつけていないワイングラスに手を伸ばして飲み、慎重に戻した。「ねえ……」明らかに声が震えていたので、深呼吸をしてから言った。「リリアナ王女とは結婚しないって、本気なの？」

「ああ」

「本当に本当？」

「もう決めたんだ」

「からかうのはやめて」

「彼女とは結婚しない、約束する」

痛いほど喉が締めつけられ、シドニーは唾をのんで緊張を少し解いた。「わかった」声を絞り出す。「リリアナ王女とは結婚しないのね」

「やっとわかってもらえたね。よかった」彼の声は甘くやさしかった。「ほとんど食べていないじゃないか。おいしくないのか？」

「まさか。とてもおいしいわ」シドニーは改めてフォークを手に取った。

二人はしばらく黙って食事をしたが、ついにルールが口を開いた。「そのエメラルドグリーンのドレス、よく似合うよ。赤もよかったけど」

「ありがとう」

「やっぱり君をダンスに誘いたいな」

シドニーはワインを一口飲み、突然彼と同じ思いに駆られた。自分たち二人のこと、すべてのこと。最後にどうなろうと、今夜は彼と過ごしたい。彼がどうしても欲しかった。「ねえ、提案があるの」

「提案はいつでも大歓迎だ。君からなら特に」

「あなたのホテルの部屋へ連れていって。そこで踊りましょう」

5

ルールの部屋はホテルの最上階にあり、二つしかないバルコニーつきスイートルームの一つだった。広さ百二十平方メートルはあるデラックスルームだ。リビングにはシャンパン、クリスタルグラスのボウルに山盛りのモンテドーラン・オレンジが用意されている。シドニーは、ジャケットを脱ぎネクタイを外したルールとソファに座り、シャンパンを味わった。靴を脱ぐ間に、彼がオレンジをむいてくれた。

「うーん、すごくおいしい」ルビーのように赤い果肉に舌鼓を打つ。こんなオレンジは初めて。

ルールが身をかがめてキスを求めてきた。初めは軽くついばむようだったのに、だんだん息ができないほど激しくなった。「すごく甘い」唇を離しながら彼がささやく。オレンジのことじゃないわね。

彼をぼうっと見ているうちに心臓がどくんどくんと大きく鼓動し始める。体が温まって力が抜け、まぶたが急に重くなった。ソファはふかふかで、このままクッションの上に手足を伸ばして寝転びたくなる。彼も一緒に引っぱりこんでしまおうかしら……。

でもルールはシャンパンの残ったグラスを傍らに置き、コーヒーテーブルの上のリモコンを手に取った。それを弓形(ゆみなり)に張り出したキャビネットに向けると、大画面テレビが目を覚ました。なぜ急に映画なんて見たくなったの？　シドニーがそう尋ねる前に、彼は音楽番組に変え、ロマンティックでスローな歌が部屋に流れだした。

「おいで」ルールが手を差し出す。バルコニーに出ると、ダラスの街の明かりが穏やかな四月の宵にまたたいていた。

音楽に合わせて二人は踊った。夢のようなひととき。いいえ、信じられないけれど、これは夢ではなく現実なのだ。無言で抱きあって体を揺らす二人だけの世界。言葉を交わす必要はなかった。

指で顎を持ち上げられ、シドニーは黒いベルベットのような瞳にきらめく光を見上げながら、自分に言い聞かせようとした。一目惚(ぼ)れなんて信じない。一目見ただけで人生を共に過ごしたい相手だとわかるわけがない。他人を理解するには時間がかかるものだ。考え方を知り、長く関係を続けられるか見極める必要がある。でもルールの目を見れば、彼が一目惚れを信じているのは間違いなかった。その思いの強さが伝わってきて、シドニーも信じたくなった。

「君を見ているよ(アイ・シー・ユー)」そうささやかれて、彼女は思わずほほえむと同時に、かくれんぼをしているときのトレヴァーを思い出した。〝ママ、みいつけた！(アイ・シー・ユー)ぼく、ママみつけたよ！(アイ・シー・ユー)〟「笑ったね」ルールが言った。「確かに馬鹿みたいだな。あたりまえだから」

「違うわ、あなたを見てトレヴを思い出しただけ」

「そうか」彼女の瞳を探るようにのぞきこむ。「それならいいんだ。いや、うれしいくらいだよ。今こうして君を見ていることが僕にはすごく大事なんだ。君の中には、僕がずっと探していたものがすべてある。昨日までは探していたことすら気づいていなかったのに。君と一緒なら、もっと立派な男に、幸せな男になれる。これからもずっと君は僕を魅了し、刺激してくれるだろう。君が望むならなんでもするつもりだ。君を幸せにするために一生を捧げたい」

シドニーは彼の端整な顔をのぞきこんだ。「私を誘惑しているつもり？」

「気づいた？」ルールがそう言ってキスをした。柔らかくてやさしいけれど、焼き印のようにいつまでも残るキス。彼はまた顔を上げて彼女を見下ろした。

「君みたいな人は初めてだよ、シドニー。もう夢中なんだ。二度と放したくない」踊りながら、二人はいつ終わるとも知れないキスをした。彼は全身が硬く引きしまっているのに、唇だけは熱く柔らかくしなやかだ。彼女の震える唇を舌で軽々と分け入り、歯の間から舌先へ、その下へと巧みに忍びこむ。

シドニーはその快感に我を忘れた。私、どうなってしまうの？　こんなキスは初めてだ。シドニー・ガブリエル・オシェアはいつだって自分の目的地がわかっていた。つねに集中を切らさずに進んだ。そうするしかなかったから。だってもし道を外れたら、誰が軌道修正してくれるの？　生後まもなく両親を亡くし、しっかり者の祖母も一人で見送った。信じた男たちは誰一人頼りにならなかった。

私には生涯の友であるラニしかいなかった。それから、トレヴァー。太陽のように私の人生を照らす愛する息子。そして今、ルールが現れた。運命の人など現れっこないと思って生きてきた私の目の前に。

彼の思いやりや誠実さ、率直なくどき文句が、私の疑いやためらいを拭い去ってくれた。

私は何を迷っていたの？　大好きな祖母のように一目惚れを信じよう。相手が運命の人なら。信頼できる人なら。誰かに頼りたいときにそばにいてくれる人なら。とげのある性格や毒舌もまるごとひっくるめて、私のすべてを愛してくれる人なら。

私の気の強さを彼が気にしないのは、意外なことではないのかもしれない。私も彼にはなんの不満もない。何か問題が起きても、この人なら私が納得するまで手を尽くしてくれるはずだ。

彼のおかげで興奮と欲望が体の内によみがえった。それに、持つことにあまり慣れていない、人を信頼する気持ちも。ルールや二人の幸せな関係に対して疑念を抱くたび、彼はそれを鮮やかに消し去った。外見そのままの、見つかるとは思ってもみなかった理想の男性だと証明してくれたのだ。


二人はキスをしながらさらに踊り続けた。シドニーは彼の首に腕を回し、絹のような黒髪に指を滑らせた。彼がふと頭を上げる。だがそれは別の角度からキスをするためで、とろけるようなキスがまたいつまでも続いた。シドニーはため息をついて彼に身を寄せ、たくましい胸に自分の胸が軽く触れただけでそこに火花が散るのを感じた。

約束の火花。高まる欲望の火花。

ルールがふいにキスをやめた。シドニーがため息をつく。しかし再び、頬、こめかみへとキスを進め、耳たぶにたどりつくとそっと噛んだ。

シドニーは歓びの声をもらし、彼の中に溶けてしまいたい、彼の一部になりたい、一つになりたいと願って体を押しつけた。顎のカーブに沿って熱い唇が滑らかに動き、首筋へと下りていった。

エメラルドグリーンのドレスの細い肩紐がゆっくりと下ろされ、むき出しになった左肩をいつまでも熱いキスが襲う。彼の舌を感じ、快感がぐんぐん広がっていく。続いて意地悪な歯がやさしく、そっとそこをかじった。

二人はダンスをやめ、バルコニーの隅の植木鉢に植えられた大きな椰子の下で立ちどまった。ドレスが引き下ろされ、シドニーは左胸になまめかしい夜気を感じた。すると胸に唇が落ちてきた。ルールが頂をリズミカルに吸いながら、彼女の名をつぶやく。

彼の頭をぐいっと引き寄せ、髪に指を埋めた。彼の熱を体中で感じる。下腹部のあたりがうずいている。キスは果てしなく続き、銀糸のような純粋な歓びが、胸から体の奥へ広がっていく。期待に満ちた胸の膨らみをゆったりしたリズムで攻められ、爪先がバルコニーの敷石の上で縮こまった。あえぎながら彼を抱き寄せ、こらえきれずにもらしたため息と共に〝ルール〟とつぶやく。

彼が突然頭を上げた。シドニーはまばたきをして、甘い夢から覚めたかのようにぼうっと彼を見上げた。

「中に入ろう」ルールはまた身をかがめて彼女の下唇をついばみ、すばやく舐めた。「さあ……」

彼が欲しくてシドニーは震えた。乳首が硬くなり痛いほどだ。でもその痛みにわくわくする。「ええ……」胸を隠そうとっさに肩紐を上げようとした。

「だめだ」ルールが彼女の手をつかみ、その指にキスをした。「そのままで」かすれているのに、どこまでも甘い声。再び胸に、だが今度は軽くキスされた。「とてもきれいだ……」

それからシドニーを軽々と抱き上げ、開け放してあったドアを通ってリビングに入ると、一瞬だけ振り向いてドアを閉めた。また違う曲が流れている。

ルールが足を止め、彼女を見つめた。「《レディ・イン・レッド》だ」

「今日は違うわ」小さく答える。

「ドレスが赤いかどうかは関係ない。この曲は僕にとって、君そのものなんだ。君の歌だよ。僕の赤いドレスのレディ……」

「ああ、ルール」手の甲で日焼けした頬に触れると、うっすらと伸びた髯のせいでわずかにざらついていたが、とても温かかった。

するといきなり激しく熱いキスをされ、シドニーはその情熱に押し流されそうになった。彼の欲望を感じてうっとりする。

寝室へ運ばれていくと、ベッドカバーはすでにはがされていた。真っ白なシーツに、まるで壊れ物か大事な貴重品のようにそっと横たえられる。

ルールはすぐに体を起こし、少しもためらわずにシャツ、ベルト、ズボン、下着と脱いでいった。腰かけて靴と靴下を脱いでまた立ち上がり、そばの椅子に脱いだものを全部放り投げた。後ろから見てもみごとな体に、シドニーは息をのんだ。

そして彼が振り向いた。瞳がとろけそうだ。

裸の彼、素のままの彼は信じられないほどゴージャスで、胸、腕、腹の筋肉がくっきりと浮かび上がり、脚はすらりと長く、だが力強く、うっすらと黒い毛に覆われている。

シドニーは、彼女を求める彼の体の一部が硬く誇らしげに高まっているのを見て喉が詰まり、そっと息を吐いた。

ルールがベッドに上がってきた。長いキスを何度もされるうち、たまらなく彼が欲しくなってすすり泣く。右の肩紐も下ろされ、あらわになった乳房に彼がキスをした。先ほどの左側と同じ愛撫が惜しみなく与えられる。

横向きにされてドレスのファスナーを下ろされる頃には、すっかり準備ができていた。彼から受ける、そして彼と共同でするあらゆる行為に対する準備が。今夜、明日、それに続くすべての夜に対する準備が。

こうして彼のそばにいられるなんて。ずっと。これは夢？　もし夢ならどうかお願い、覚めないで。

後ろから抱きしめられ、ドレスを慎重に脱がされる。体からドレスの生地を剥がすという、ただそれだけの行為を、ルールは愛撫に変えてしまう。長い完璧な、スリル満点の愛撫。シドニーは体を浮かせて彼に協力した。ブラジャーは初めからつけていない。必要ないから。

乳房をひとつずつ大きな手で包みこまれる。「美しい」甘い声がささやいた。「完璧だ」

シドニーはその言葉を信じた。魔法のような熟練の愛撫にぼうっとなり、すべてを彼にゆだねる。今は理性の声も疑念も忘れたい。甘いささやきを全部信じよう。セクシーで刺激的な言葉を一つ残らず。

経験豊かな愛撫を顔に感じて、その指からブラッドオレンジの甘酸っぱい香りが漂ってくる。これは彼の香り？　甘く誘うルビーレッド。いたずらな手がまた乳房に、さらに腹部へと下りていく。それが下着の中に忍びこみ、シドニーは息をのんだ。

ルールが中心部にたどりついた。「まるで天国だ。しっとりして熱い、僕をやさしく受け入れてくれる」そう彼がささやく。

彼の愛撫に、シドニーの神経が隅々まで燃え立った。全身が興奮と電流と熱でハミングしているみたい。とろけ、燃え、頂上に駆け上がる。このぎりぎりの綱渡りが永遠に続いてほしい、彼が入ってくるまで長引かせたい。でもあっという間に崖っぷちを転がり落ち、体を震わせ、彼の名をつぶやき、その指に翻弄されたまま歓喜の声をあげた。ああ、魔法の指、まさに魔法よ。

「そう、それでいいよ」

やがて頂上を出航した彼女の魂は、広い海原に出て、ごくゆっくりと漂いながら自分の体に戻った。その体は彼のたくましい体に包まれている。

「最高の気分……」気だるげにつぶやいて彼の手を

取り、心臓にあてがう。

だが、ルールはまだ入ってこようとしない。もちろん、それでもちっともかまわなかった。このままずっと互いに触れあっているだけでいい……。

シドニーを仰向けにしたあと、ルールも隣に横たわった。彼女はため息をつき、彼の望むままにさせた。深く満ち足りたせいか、うとうとしかけている。

「シドニー……」

快感に何度も翻弄されてまだ恍惚としていたので、しぶしぶ目を開けた。肘をついて体を起こした彼の瞳は潤み、真夜中のように暗い。手を伸ばして唇に触れる。「柔らかい。だからキスが上手なのね」

またルールの顔が近づいてくる。唇に、続いて指にもキスされた。「シドニー……」キス越しに名前をささやく。

「ん……」手を下ろし、唇を開いて彼の舌を迎え入れる。「んん……」やっぱりたいして眠くなんかない。力強い肩にすがりつき、その岩のような輪郭を探る。首筋へ手を滑らせ、広い背中のみごとな筋肉を愛撫した。「あなたに触れていたい……」

ルールは抗わなかった。キスを続け、その間シドニーはたくましい体を存分に楽しんだ。隅から隅まで触りたい。背中、力強い腕、美しく厚い胸。そこに完璧な黒いラインを見つけ、下へとたどっていく。女なら誰も見逃さないはず。

指で彼自身を包みこんだとき、低いうめき声が聞こえた。シドニーは心から満足し、その声をワインのように味わった。こんな男性が現実にいるなんて。どこを取っても美しく、まるでおとぎばなしの王子様が現実になったみたい。瞳を閉じて、彼の感触を心ゆくまで楽しむ。彼のすべてが欲しい。今すぐ。

これ以上はとても我慢できない。彼のやさしい唇にささやく。「お願い、ルール。早く……」脚を開いて貪欲に彼を引き寄せた。もう待てない。

「ちょっと……」ルールがあえぎ声で答えた。

「何?」ああ、じれったい。「だめ。待てない」

「シドニー……」

シドニーは重いまぶたを開けて彼を見上げ、待ちきれずに尋ねた。「どうしたの?」

彼はからかうような、あの完璧な笑みを浮かべて片手を上げ、そちらへ首をかしげた。シドニーは仕方なく完璧な男性美から彼の手に視線を移した。

避妊具だ。

「私ったら」ただでさえ赤い頬がさらに赤くなり、切れ切れに息をつく。「忘れていたなんて信じられない。こんなに我を失ったことなんてないのに」

きらきらした黒い瞳で熱っぽく見つめながら、ルールはやさしく言った。「いいさ。二人のうちどちらかが覚えていれば。避妊具を忘れるほど夢中になってくれたなんてうれしいよ」

「だめよ、私が覚えておくべきだったわ」

彼がゆっくり首を振り、人の心をとろかすあの笑みを浮かべた。「我を忘れたときの君はすごくきれいだ」彼の笑み、やさしい言葉、熱いキャンディのような甘い声。すべてにとろけてしまう。

でも、そんなふうにとろけている今がとても幸せ。それでも反論してみた。「私、きれいじゃないわ。知ってるくせに」

「いや、きれいだよ。さあ手を出して。言い争うのはやめにしよう」

言われたとおり手を差し出した。まったくこの人にはかなわない。

てのひらの真ん中に小さな袋が置かれた。「お願いしていいかな?」

シドニーは笑った。欲望がにじむかすれた笑い声だ。「ええ、喜んで」

枕に頭をのせたルールは、彼女が包みを開けて脇に置くのを熱っぽい瞳で見つめていた。

シドニーはかがみこみ、厚い胸の中央、心臓のすぐそばにキスをした。ほてった肌はいい匂いがする。広い胸から筋肉の盛り上がった腹部へ、その先の目的地までずっとキスの雨を降らせていく。ついに到達したその部分に羽根のように軽いキスをすると、うめき声が聞こえてうれしくなった。口に含み、じらすようにゆっくりと解放する。

ルールが押し殺した声をもらした。彼女の髪に指を差し入れ、体を浮かせて、もっとと無言で請う。シドニーはその願いを聞き遂げた。

うめき声と荒い息がこれ以上耐えられないと告げていた。よかった。自分がしてもらったように瀬戸際まで彼を導き、完璧な満足感に浸ってほしかった。

だがそのとき、ルールが両手で彼女の顔を包みこみ、目が合うまで引っぱり上げた。「つけてくれ」荒く飢えたうなり声だった。「今すぐに」

もちろん文句はなかった。文句はないどころか、ぜひそうしたい。慎重に避妊具をつけて膝立ちになり、自分が上になると意思表明した。

だがルールが手を伸ばして枕から頭を上げた。仰向けになるようやさしく促されると、シドニーは喜んで従った。彼が腿をそっと分け、シドニーの頭の両脇に手をついた。指が彼女の髪に埋まっている。

「シドニー……」彼の唇が近づいてきてキスを求めた。熱く激しい、完璧なキス。

彼女を求めてやまない、硬く滑らかなもので軽く突かれ、ゆっくりと押し入られて満たされていく。貪欲に体を開き、結ばれると同時に二人の唇も溶けあった。

ああすごい。こんなの今までなかった。生まれて初めてだわ。

彼が動き始め、引いては突き、また引いては突く。シドニーも彼の腰に脚を巻きつけ、肩に腕を回し、力強い首にしがみついて髪をつかむ。我を忘れて燃え上がり、宙を舞い、弾け飛んだ。ただこの一瞬があればいい。美しい魔法。今二人は一つになった。引いて、突いて。何度も何度も。しっとりと熱く。今まで気づかずにいたけれど、これこそずっと待ち焦がれていた愛の形だ。

こんなの今までなかった。生まれて初めてだわ。

「シドニー……」耳元でささやかれ、熱い息が肌をかすめた。「シドニー」
ため息をついて顔をそむけたのは、あまりにも満ち足りていて、もう少しだけ眠りたかったからだ。

「シドニー」ルールがこめかみに鼻をすり寄せて彼女の巻き毛を口にくわえ、ふざけて引っぱる。
シドニーは頑固に目を閉じ、もごもごとつぶやいた。「眠いわ……」

唇が頬に触れた。温かくていい気持ち……。「でも、もう起きないと」

そうよ。彼の言うとおりだわ。振り向いて目を開け、ぼうっとした顔で尋ねる。「今何時？」

「三時を過ぎたところ」ルールは片肘をついてこちらを見ていた。腰までめくれたシーツが、硬く引きしまった左のヒップにしがみついている。彼にぞっこんの恋人みたいだ。

シドニーは低くうめいて体を起こし、髪をかき上げて伸びをした。あくびをしてから腕を下ろす。

「そうね。帰らなきゃ」ベッドカバーを押しのけようとした彼女の手を、ルールが押さえた。

「待って」

「何？」にっこりして、ハンサムな顔を探る。

「シドニー……」彼の黒い瞳が輝いたその瞬間、ルールはとても若く見えた。若くて希望にあふれ、緊張している少年のよう。

そう、彼は緊張して見えた。モンテドーロ公国のルール殿下が緊張？　そんなことがあるかしら？

緊張するタイプにはとても見えないのに。

「ルール？」髯でざらざらした頬を手で包み、尋ねる。「どうかした？」

彼はシドニーの手首をつかみ、てのひらのくぼみにそっと唇をつけた。出会った日の夜に、冷たくされたいかと尋ねてきたときと同じ甘くやさしいキス。

シドニーの体に震えが走った。なにかの虫の知らせみたい……。だが、それが何かわからなかった。次の瞬間には、その妙な不安はもう消えていた。あるのはただ、てのひらに感じる唇の柔らかさだけ。二人で過ごしたすばらしい夜だけ。そして、まるで私が月をつるし、星々を支配する女王であるかのように彼が賞賛の目を向けてくる、その不思議さだけ。

ルールが彼女の手を下ろし、てのひらに何かを置いて握らせる。そして、とても信じられない言葉を発した。「シドニー、結婚してほしい。僕の花嫁になってくれないか」

6

シドニーは彼の言葉を確かめようとして指を開き、同時に目も見開いた。指輪だ。まさにショックだった。畏れさえ感じる。ブリリアント・エメラルドカットの巨大なダイヤモンドは氷のように美しく完璧だった。プラチナ台の両側にある長方形の大きなダイヤモンドも、やはり美しい。

ゴージャスな指輪から黒い瞳へと、シドニーは視線を移した。「ねえ、訊(き)いてもいい？」

「なんなりと」

「これは現実なの？」

ルールは低い声で笑い、やさしい手で彼女のこめかみにかかる髪をどけた。「そうだよ、ダーリン。

現実だ。どうかしているのはわかっている。早すぎるのも。でも、そんなことはどうでもいい。君こそ僕の運命の女性だ。一目見た瞬間、そう直感した。あとはもう、確信を深めるばかりだった」

「でも私たち……結婚なんてまだ……」

「できるさ。今日結婚しよう。ラスベガスへ飛べばいい。待てないんだ。今すぐ妻になってほしい。火曜日にはモンテドーロに帰らなければならないが、そのとき君とトレヴァーを一緒に連れていきたい」

「そんな……無理よ。ルール、待って」

彼は首を横に振った。「待てない。頼む」

「だって仕事があるわ」シドニーは早口で言った。「ここテキサスに家もある。あなた、テキサスの女と結婚なんてできるの？」

「もちろん。その人が僕を受け入れてくれるなら」

「だけど、やっぱり……何か称号を持った人と結婚すべきじゃない？　公爵や伯爵のご令嬢と」

「僕の母は映画俳優と結婚し、なんの問題もなく暮らしている。うれしいことに、もう時代は違うんだ。自分の選んだ相手と結婚できる。そして僕は君を選んだ。ぜひ君にも僕を選んでほしい」

「そんな……無理よ……」

「シドニー、落ちついて」

「落ちつけですって？　あなたがそれを言うの？　たった今結婚を申しこんで、しかも今日式を挙げようだなんて言ったあなたが？」

ルールが笑いだした。「確かに。そんなこと言える立場じゃないな。じゃあ、深呼吸してごらん」実際、いいアドバイスだった。シドニーは大きく息を吸い、慎重に吐き出した。「どう？」彼がほほえむ。

シドニーはまた指輪を見つめた。「気絶しそう」

「まさか。君は気絶するような女性じゃない」ルールは笑いながら彼女を抱き寄せた。シドニーはたくましい肩に頭をもたせかけ、その温（ぬく）もりと硬さ、芳(かぐわ)しくも男らしい香りに酔いしれた。彼のすべてが愛(いと)しい。愛……これが？　ルールはそう思っている。でもやっぱり、出会った瞬間に恋に落ちたとしても、永遠の愛を誓うにはもう少し時間が欲しい。

体を引いて彼の目を見る。「あまりに急すぎるわ、ルール。一足飛びに結婚というのはさすがに……」

「わかってる。でも僕はかまわない」黒い瞳が彼女の目を見据えた。揺るぎない思いが伝わってくる。

「今やっと欲しいものがわかったんだよ。言っただろう？　生まれてからずっと君を探していたんだ」

「ええ、聞いたわ。でも結婚となると……私にとってそれは単なる言葉じゃない。一生の問題だわ」

「うん、わかるよ。結婚の意味、それが永遠だということは僕も同意見だ」

シドニーは彼の顔をのぞきこんだ。「例の婚姻法のせいね？　結婚を急ぐのは」

「そのとおり」

「でも期限が六月なら……とりあえず二、三週間つきあってみたら？　お互いもう少し知りあえる」

「その必要はないよ。君こそ僕の運命の人だ。これ以上時間をかけてもそれは変わらないし、結局確信が強まるだけだ。君が必要なんだ、シドニー。お願いだ。僕の両親や、ソフィアが亡くなる前の兄夫婦が手にした人生にずっと憧れてきた。やっとそれが実現するんだ。僕のものになってほしい。君のものになりたい。神に与えられたすべての瞬間を共に過ごしたい。マックスの身に起こったことを考えれば、運命は残酷だとわかる。兄はずっとソフィアと生きていくつもりだったのに一人残されてしまった。二人で過ごした日々が、今の兄にとってどれほど貴重か。僕は無駄にしたくない。一日、一時間、いや今この一瞬すら。今日から君と二人で生きたいんだ」

「ルール……」

「イエスと言ってくれ。ただイエスとだけ」

　もちろんそうしたかったけれど、ふと猜疑（さいぎ）心に駆られ、別の言葉が口から出た。「でも本当に一生なの？　ネットで検索したら、あなたはセクシーな大公子として有名だった。私みたいな女とはデートしたことさえないはずよ。頭が切れて有能だけど……ごく平凡な容姿の女とは」

　ルールの瞳に炎が揺れた。「君が平凡？　馬鹿な」

「まあそれなりに魅力はあるかもしれない。でも絶世の美女とは言えないわ」

「僕にとってはそうなんだ。大事なのはそこだよ。それに君は頭がいいし、チャーミングだ。憧れている人間は多いはずだよ。君は自分の魅力に気づいていない。他人がどう見ているか全然わかっていないよ。女性の持つ強さ、決断力、集中力に男は魅力を感じるんだ。インターネットで検索できるのは君だけじゃないぞ。僕も調べた。君は二十歳で大学を卒業し、数々の裁判で勝訴して法律事務所に貢献した。向上心があり、やさしくて寛大で誠実だ。それでいてセクシーでもある。そしてもう一つとても大切なのは、君がすばらしい母親だということ、母になると自ら選択したことだ。仕事で成功を収めながら家族を求めた。まわりの男が自分にふさわしくないとわかっても、母になる方法を、家族を持つ方法を見つけ出した。ぜひ僕の妻になってほしい。君こそ僕の探し続けていた女性だ」ルールは彼女の頬にそっと触れた。「シドニー、どうか結婚してほしい」

「私……」喉が詰まり、唾をのんで緊張を解く。「そんなたいした人間じゃないわ」

「たいした人だよ」ルールはまた彼女を抱き寄せた。

　シドニーは抵抗しなかった。「ああ、ルール……」

「イエスと言ってくれ」

　シドニーは頭を整理しようとした。「テキサスに来てくれるの？」

　彼の唇が髪に触れた。「それはできない。僕は国に責任がある。それを放棄するわけにはいかない」

シドニーは膨れっ面になった。「やっぱり。そう言うと思ったわ」

「こっちにはしょっちゅう戻ってこられる。ビジネスで年に何度もアメリカへ来るからね。モンテドーロに住むのがそんなにいやか？」

「そうじゃないわ。ただあまりにも犠牲が大きい。法律事務所も辞めなくてはならないし……」

ルールは彼女の腕を撫でた。「できれば仕事を変えたいと言っていなかったかい？　君の助けを本当に必要としている人の役に立ちたいと」

「ええ、言ったわ。それは本気よ」

「僕の妻として君が取り組める重要課題がたくさんある。世の中をよくするチャンスは山ほどあるよ」

「どんな課題？　どんなチャンス？」

ルールは彼女の顎をとらえ、鼻先にキスをした。

「それを君が見つけるんだ」確かにそのとおりだとシドニーは思った。彼女は強く賢く、のみこみが速い。いざ、やると決めたらできないことはまずない。幼いトレヴァーは、異国へ引っ越してもそれほど苦にならないだろう。学校に通っているわけでも、親友と別れるわけでもないのだから。

　そのときラニのことが頭に浮かんだ。「そうだわ、ラニ……」

「彼女がどうかした？」

「ラニを失うわ」

「そんなことはない。離れても友達は友達だ。それに、もし頼めば、ついてきてくれるかもしれない」

「ラニも一緒にいいの？　そうよね、彼女の都合がつけば……でも本当にいいの？」

「もちろん。会ったばかりだが、僕も彼女が大好きだ。それに君が喜ぶなら大歓迎だよ」

「ラニも喜ぶかも。彼女、物書きなの。言ったかしら？」

「いや」

「今は小説に挑戦しているの。モンテドーロに行けばきっと書きたいことがたくさん見つかる。知らない土地に住むのはいい経験だとかえって喜ぶかも」

「訊いてごらん」ルールが彼女の頬にまたキスした。

でもシドニーはそれではもの足りず、自分から彼の唇を求めた。天国みたい。ルールとのキスはまさに天国。ルールは彼女をまたベッドに寝かせ、さらにキスをした。シドニーはいくらでも続けたかったが、すでに夜中の三時を過ぎている。今日は私の結婚式の日。ようやくそう実感し始めた。

ラスベガスへ発つ前にすべきことは山ほどある。そう気づき、彼の胸をそっと押した。

目を合わせるため、ルールが身を引く。「何?」

「本当に今日、ラスベガスへ行くつもり?」

「ああ、何がなんでも。シドニー、妻になって、僕を世界一幸せな男にしてくれ。かわいい息子と親友を連れて、今日僕たちは結婚するんだ。そのあとモンテドーロで暮らそう」

シドニーは手を伸ばし、彼の柔らかな唇に触れた。ああ、すてきな感触。彼のこめかみの毛をそっと撫でつけるうちに決心がついた。この人のすべてを愛している。思いきって違う人生に飛びこんでみよう。

この愛に懸けてみよう。

黒い瞳を輝かせてルールがまた口を開いた。「僕たちが結婚したら、トレヴァーにとってもプラスになる。もちろん君はあの子に充分なものを与え、彼はすばらしい人生のスタートを切った。でも僕ら二人がいれば、もっと幸せになれる。なんと言っても君と一緒に過ごす時間が増える。母親をとりわけ必要とする年頃の間は、そばでできる仕事を選ぶといい。そのうち彼を養子にすることも話しあいたい」

シドニーは耳を疑った。「トレヴを養子に?」これ以上すばらしい男性がこの世にいるかしら?

「ぜひ。もちろん子どもはもっと欲しいが、いや、もう八人とは言わない。でも一人か二人はね」

「ルール……」

「イエスと言ってくれ」

触れている厚い胸から、シドニーは力強い鼓動を感じた。「モンテドーロに行く前にダラスでもう少し時間がいるわ。事務所の経営者(パートナー)たちに時間的余裕を持って報告しないと。辞めるときにあたふたさせたくないの。私は覚悟ができているけど、彼らを途方に暮れさせては申し訳が立たないわ」

「二週間あれば大丈夫かな？」

シドニーは呆気(あっけ)に取られた。「無理よ。案件を整理したりクライアントを引き継いだり、頑張っても三カ月はかかるわ」

「クライアントを、それも大口のクライアントを紹介したらどうだ？　急な退職の償いとして」ルールは大手石油会社と健康食品会社、それにアメリカに支社を持つ欧州系銀行の名前を挙げた。

シドニーは気がつくと、あんぐり口を開けていた。

慌てて閉じて、それから尋ねた。「紹介してくれるの？　冗談じゃなくて？」

「ああ、人脈なら世界中にあるからね。今言ったところがだめでも、同レベルの会社に紹介できるよ」

「そうできたらパートナーたちは喜ぶわ。仕事も一カ月くらいで片づくかも」

「紹介できそうな会社のリストを数日中に手配しよう。実際にお膳立てもするよ。君の仕事もすぐに決着がつくんじゃないかな。退職に際してどれだけ大きなビジネスチャンスを事務所にプレゼントするか、パートナーたちにきちんとわかってもらえれば」

ルールの言うとおりだ。大口のクライアントを複数紹介するとなれば、状況は一変する。「もしお願いできれば、二週間では無理だけど、頑張れば一カ月でなんとかなると思うわ」

ハンサムな顔が内側から輝いたように見えた。

「つまり、イエスだね？」

「イエス」シドニーはその美しい言葉を大きな声で言った。「イエスよ。ルール、イエス」それから彼の首に腕を回し、続きはキスに代弁させた。


「やったね、シド。思いきってぶつかってみたら、理想の相手と本当に巡りあえたじゃない！」パジャマ姿のラニはまだ眠くてふらふらしていた。眼鏡に手を伸ばしながら頭を振っていたが、その顔には笑みが浮かんでいる。

日曜日の朝五時十分。シドニーは玄関を開けるとラニの部屋に直行して彼女を叩き起こした。今、二人はベッドに並んで腰かけている。八時に迎えに行くとルールに言われていて、それまでにラスベガス行きの準備をしておく必要があった。空港にルールの自家用ジェットを待機させるという。緊急でラスベガスへ駆け落ちしたい場合、相手がリッチな王子様であることが何より大事。

「私、どうかしていると思わない？」不安げにシドニーが尋ねた。

「ちっとも。彼を見た瞬間に、あなたの運命の人だとわかったわ」

「本当？」

「本当よ。彼、あなたのタイプだもん」

「そうね。見果てぬ夢の王子様よ」

「それが現実になったのよ。知的で洗練されていて、しかも長身で黒髪でとびきりのハンサム。なおかつ、いい人だわ。王子様だったというのは、ラッキーなおまけ。トレヴァーとの相性もばっちりだし。あの二人、親子みたいにそっくりなこと気づいてた？」

シドニーはくすくす笑った。「本当にね」

「私の直感がよくあたるのはご存じのとおり。その私が言うの。彼を選んだのは間違いなく正しい」

シドニーは顔を輝かせた。「ラニ、あなたは最高の友達よ」

「あなたもね、シド」

「お願い、ラスベガスに一緒に来て」とっておきの哀願の顔でシドニーが言った。

「あたりまえじゃない。私がこんなチャンスを逃すとでも思う？　絶対行くわよ！」

「よかった！」シドニーは親友に飛びついた。

「旅行の荷物は何泊分用意すればいい？」ハグから解放されたラニが訊いた。

「一泊分だけ。明日は休むけど、火曜日にはオフィスに戻っていろいろ仕事を片づけないと。モンテドーロに引っ越すわけだから」

「そうか。あなた、王子様と結婚してヨーロッパに行くのね。信じられない、いいえ、信じるけど……やっぱり想像がつかない」

「そうなの、ほっぺたをつねってみなきゃ」シドニーが幸せそうに笑う。「本当に現実かしら？」

「現実よ！」ラニが答えた。「指輪をもう一度見せて」そう言ってシドニーの手をつかむ。「ほんとゴージャス。そうとしか言えない」それから下唇を突き出し、子犬のように悲しげな声をもらした。「私、あなたが恋しくてたまらなくなる。それにトレヴ。ああ、あの子がいなくなったら胸が張り裂けちゃう」胸に手をあて、いかにもつらそうにしている。

シドニーは待ってましたとばかりに返した。「その心配は無用よ。あなたも一緒に来てくれるなら」

「私も？　それ、ずっとってこと？」

「もちろん。ルールも言っていたわ。それはいい、むしろ大歓迎だって。そうできたら、私、どんなにうれしいか。あなたがよければの話だけど」

「うーん、面白そう。王子様の花嫁になった親友とモンテドーロで暮らすなんて」

「そうこなくっちゃ。でも、今決めなくていいのよ。

プレッシャーなんか感じないでよく考えて」

ラニが親友らしく肩をどんとぶつけてきた。「わかった。じっくり考えてみる。感謝するわ」

「感謝だなんて。断られたら寂しくてどうにかなっちゃう。来てくれたら、感謝するのは私のほうよ」

「考えてみる」ラニは約束した。「それより、八時に出発するなら、急いで用意しなくちゃ」

ラスベガスでは、ルールの父方の親戚であるブラボー一族が待っているという。彼のはとこのアーロンとフレッチャーが、カジノつきホテルを二軒経営しているのだ。彼らの祖父ジョナスとルールの祖父ジェイムズが兄弟同士という関係だ。

「アーロンとフレッチャーは腹違いの兄弟なんだ」ネバダ行きの飛行機の中でルールが説明した。「母親は違うが、父親はどちらもブレイク・ブラボーだ」

「それって、あのブレイク・ブラボー？」

「悪名高き、かのブレイク・ブラボーのことを聞いたことがあるんだね？」

シドニーはうなずいた。「十年ほど前にオクラホマで亡くなったとき、テキサスのどの新聞でも彼の一代記が一面を飾ったわ。極悪人だったんでしょう？」

「ああ。ダイヤを手に入れるために実の甥を誘拐し、大勢の女性と結婚し……」誘拐事件以上に、ブレイクは一夫多妻主義者として世界的に有名だった。全米各地の女性と結婚してその誰とも離婚しなかったが、どの女性も妻は自分だけだと信じていたという。

「すごく精力的ね」

「〝精力的〞と言うのはちょっと違うかな」ルールがあっさり言った。「まあとにかく、アーロンとフレッチャーは彼の息子なんだ」

飛行時間は三時間弱だったが、タイムゾーンをまたいだせいで時刻は二時間戻り、マッカラン国際空港に着陸したのは現地時刻で朝の十時十分だった。

迎えに来ていたリムジンの運転手がトランクに荷物を積みこむ。ダラスから二人に随行してきたボディガードが助手席に座り、一行は〈ハイシエラ・リゾート&カジノ〉に向けて出発した。

そのホテルのCEOがアーロン・ブラボーで、ラスベガス大通りを挟んで正面に立つ〈インプレサリオ〉の経営者がフレッチャー・ブラボーだ。二つの巨大複合施設は、大通りを見下ろす五階部分のガラス張り連絡通路でつながっている。

入り口で、アーロンが二人を出迎えてくれた。長身で引きしまった体、茶色い髪の彼は正統派二枚目ではないが、立派な鼻、くっきりした頬骨、角張った顎をしたとても魅力的な人物だった。シドニーとラニ、そしてトレヴァーに会えてうれしいと言ったあと、妻のシーリアを紹介した。はしばみ色の大きな目をした赤毛の彼女は、気さくでかわいい女性だ。

シーリアに案内されたスイートルームは専用キッチンと広いリビング、そこに面した四つの寝室から成っていた。隣がボディガードのジョゼフの部屋だ。

とにかく最初の任務は結婚許可証の取得だ。ラニとトレヴァーをホテルに残し、シドニーとルール、ジョゼフの三人で役所へ向かう。一時間後に部屋に戻ると、トレヴァーはトラックのおもちゃで遊び、ラニはソファでパソコンを叩いていた。

「おめかしの時間ね?」ラニが訊いた。「〈タッチ・オブ・ゴールド〉というスパに行けとシーリアに言われたの」

「二人で行っておいで」ルールが言った。「結婚式は四時過ぎだから」ホテル付属のチャペルで簡単な式を挙げる予定だ。「僕がトレヴァーを見てるよ」

シドニーは彼の申し出にためらった。変ね。結婚相手はすばらしい人。なのに息子を彼と二人きりにするのは、なぜか気が進まない。でもきっと自然な反応ね。自分の気持ちを信じることと、愛息子を預けたことのない誰かに託すのは別だ。その誰かが、たとえトレヴァーと相性がいいルールだとしても。

そのときラニが大声で言った。「うう、いいアイデアが浮かんだから、この章をもう少し書いておきたいな。ねえシド、一人で行ってきて。私は残る」

「ルー！」テーブルの下からトレヴァーが叫んだ。「こっちきて！　トラックであそぼう」

こうしてルールとラニの二人がトレヴァーと部屋に残り、スパにはシドニーが一人で行くことになった。途中ホテル内の花屋で黄色い薔薇のブーケを注文し、二時間後に取りに来ると告げた。それから、ルールのスーツの襟穴に挿すための黄色い薔薇を部屋に届けるよう頼んだ。

スパでは最初にホットストーン・マッサージを受け、続いてマニキュアとペディキュア、ヘアカットとブロー、メイクを入念にしてもらった。ふんわりカールした髪を肩に下ろし、メイクも美しく仕上がったところでシーリアが現れた。一緒に来たフレッチャーの妻クレオは、背の高いブルネットの美女だ。二人に連れられ、シドニーはすぐそばのブライダルサロンへ向かった。

まず、ノースリーブのシンプルな細身の白いシルクドレスと短いベールを選んだ。アイボリーの靴はサテン地で、脇にリボンがついたオープントゥの厚底ヒールだ。着ていた服はシーリアが部屋に届ける手配をし、シドニーはドレス姿でサロンを後にして、花屋に寄ってブーケを受け取った。

その後シーリアたちにつき添われてチャペルへ直行し、入り口のホールで《結婚行進曲》が流れるのを待った。見えないようにドアの脇から中をのぞく。

式の参列者は全員すでに着席していた。トレヴァーを抱いているラニ。アーロン。もう一人の黒髪の男性はクレオの夫フレッチャーだろう。その横顔を見て、彼とアーロン、そしてルールにも、同じブラボーの血が流れているのだとシドニーは気づいた。

花婿は、式を司る法務官と共に祭壇正面で彼女を待っている。いつもながらゴージャスだ。黒のシルクスーツに光沢のあるコバルトブルーのネクタイ、夏空を思わせる真っ青なシャツ。ジャケットの下襟にはシドニーが届けさせた黄色い薔薇が挿してある。

彼を見ただけでシドニーは胸がどきどきしてきた。でも、ふと笑みがこぼれる。こんな人には出会えっこないと決めつけていた長い年月を思い出したのだ。やさしくてユーモアがあり、知的で誠実な理想の男性。見目麗しく、私をゼリーみたいにとろけさせてしまう声の持ち主。そんな彼が正真正銘の王子様だったことは、ちょっとしたおまけだ。

本当に、これ以上の人はいない。一緒にいると、自分が美人で大胆でセクシーな女だと思えてくる。あるいは彼が美女だと思ってくれるから、自分でもそう思えるのかもしれない。どちらでもいい。彼となら望みはすべてかなえられるだろう。シドニーは二人の新しい人生のスタートが待ちきれなかった。

あとはエレンおばあちゃんさえここにいてくれたら、今日という日は文句なしに完璧だったわね。

クレオがピンでベールを定位置に留めてくれた。

そして、いよいよ《結婚行進曲》が流れてきた。

幸せいっぱいの笑みを浮かべ、新しい愛を胸に、シドニーは花婿に向かってチャペルの中央通路を歩いた。自分は正しい選択をしたのだ、傷ついた心を守るために張り巡らせたバリアを跳び越えてきてくれた男性と結婚するのだ、そう確信しながら。出会った瞬間に愛してくれた男性。トレヴァーの父親になりたいと言ってくれた男性。公位継承者だとおずおずと明かした男性。信義を重んじる誠実な男性。

絶対に人を騙したりしない男性。

7

法務官が告げた。「今ここに、お二人を夫婦として宣言いたします。では、花嫁に誓いのキスを」

ルールはシドニーを見つめながらベールを上げ、抱き寄せて、やさしい完璧なキスをした。愛と献身、輝かしい未来、すべてを約束するキス。シドニーは目を閉じ、最高の瞬間が永遠に続くことを願った。

　式のあと出席者全員で、ホテル内の最高級レストランの個室でのディナーに向かった。シーリアとアーロン、クレオとフレッチャー両夫妻のそれぞれ三人、合計六人の子どもたちも参加した。食事もすばらしかったが、出席者はそれ以上にすばらしかった。

アーロンとフレッチャーは魅力的な言葉で何度も乾杯の音頭を取り、食事を終えた子どもは席を離れて遊ぶことを許された。子どもらしい笑い声が部屋中に響き、トレヴァーもその輪に加わった。特にフレッチャーの長女アシュリンを気に入ったようで、後をついて回っては、彼女が顔を向けるたびににっこり笑った。アシュリンはいやがりもせず、自分の知っているこんこん遊びのパターンを根気よく教え、トレヴァーは大喜びで二つの役柄とも演じ始めた。

「こんこん、こんこん」アシュリンが大声で言う。

　するとトレヴァーが得意げに返す。「だあれ？　ビル！　オレンジ！　ワンダ！」

　三段重ねの黄色いウエディングケーキは白い砂糖衣(フォンダン)と食用パールがちりばめられ、頂上は黄色い薔薇(ばら)のつぼみで円く飾ってある。巨大な一切れを新郎新婦が互いの口に入れ、シーリアが写真に撮った。

　するとトレヴァーが急にアシュリンから離れ、ケーキのテーブルに駆け寄ってきた。「ルー、ママ、ケーキ！　はやく！」ぽっちゃりした腕を伸ばす。ルールに抱き上げられるとうれしそうにきゃっきゃと笑い、「ルー！　キス！」小さな口をすぼめた。ルールも口をすぼめ、ちゅっと音をたててキスをした。トレヴァーはいっそう大きな笑い声をあげたが、次の瞬間には叫んでいた。「ママ、ケーキ！」

「ケーキください、でしょう？」シドニーが促す。

トレヴァーが叫ぶ。「ケーキください！」

シーリアがまた何枚か写真を撮る間にシドニーが息子にケーキを食べさせ、その後ほかのみんなにも配られた。かぶりついている間は、数分間とはいえ、子どもたちもおとなしくなった。

　食べ終わったあとも楽しいパーティを終わりにしたくなくて、誰も腰を上げようとしなかった。大人はおしゃべりを続け、子どもはテーブルの下をくぐり抜けながら大はしゃぎで鬼ごっこを始めた。

　だがついに小さな子がぐずりだし、ラニがトレヴァーを部屋へ連れていくと申し出た。そして自分が行くと言うシドニーを、執筆に戻りたいからと言って押し留めた。ラニなら小説を書きながらトレヴァーの世話もできる。手元にパソコンを置き、トレヴァーの隙を見て一言二言打ちこむのはお手のものだ。

　ラニとトレヴァーが部屋に戻ると、直後にシーリアとクレオも子どもたちを連れ、複合施設内にあるそれぞれのマンションに帰っていった。

　残ったのはパーティを仕切ったアーロンとフレッチャー、そして新婚夫婦だけだ。男性陣は少しだけビジネスの話をした。ルールがホテルのデラックススイートのウェルカムフルーツにモンテドーラン・オレンジを加えてはどうかと提案し、二人のＣＥＯは喜んで同意した。続いてルールが家族共々モンテドーロに招待したいと言うと、どちらも喜び、ぜひ宮殿に滞在し、モンテドーロのリゾート地、ダンブル丘陵にある豪華なカジノを訪れたいと言った。その後ブラボー兄弟は〝末永くお幸せに〟と何度もくり返してから、家族のもとへと帰っていった。ようやく、ルールとシドニーは二人きりになった。

ルールが彼女を抱き寄せ、甘いキスをしてささやいた。「僕の妻……僕だけのプリンセス」

シドニーはくすくす笑った。「こんなに簡単に？　あなたと結婚するだけでプリンセスになれたの？」

ルールは彼女の手を取り、自分の胸に押しあてた。「君はこれから永遠に僕の心を支配するだろう」

シドニーが笑った。「まあ、お上手」でもすぐに顔をしかめた。

しかめっ面にルールが口づけをする。「何？」

「あなたのお母様とご家族が、この結婚にどれほど驚くかと思って」

「うれしい驚きだよ」

「私のことはまだ何も話していないんでしょう？」

「父に話した。父は……何もかも知っている。今頃、僕が運命の女性と結婚したと母に話しているよ」

シドニーは彼の顔をうかがった。「何もかもって、その言い方、なんだか謎めいているわね」

ルールは彼女の頬に触れ、髪を耳にかけた。「ちっとも。今朝、空港に行く前に父に電話したんだ。幸せを祈る、新しい娘と孫に会うのを楽しみにしていると言っていた」

「じゃあ、あなたがリリアナ王女と結婚しなくても、それほどがっかりしていないの？」

ルールがウエディングドレスの襟ぐりを指でたどる。「父は恋愛結婚信者なんだ。君が相手ならきっと僕は幸せになれるとわかってくれている」

「お母様は？」

「同じさ。僕のために喜んでくれるよ」彼はまたキスをした。だんだん激しく、焼けるように熱くなる。シドニーは頭がぼんやりし、体の力が抜けた。

彼の唇が離れると、部屋の輪郭がまたはっきりし始め、部屋の入り口にリムジンの運転手が立っているのが見えた。「失礼いたしました。出直して……」

ルールが首を振った。「いや。すぐに出かける」

立ち上がってシドニーのために椅子を引く。「よし、カジノへ運試しに行こうか」

「私、賭け事は全然だめなのよ」

「いいから。幸運の女神に聞こえるよ」

ブーケとさっき外したベールがテーブルの上にあった。ルールは運転手にチップを渡し、その二つを部屋へ運ぶよう伝えた。

シドニーはルールのジャケットの下襟から黄色い薔薇を外した。私は彼の妻だ、彼は私のものなのだという思いがこみ上げる。「これもお願い」薔薇を運転手に渡す。「あとケーキも。残ったのを全部」

二人はガラス張りの広い連絡通路を通って大通りを渡り、〈インプレサリオ〉に着いた。ムーランルージュをテーマにした内装は黒、赤、金で統一されている。二時間以上ルーレットで遊んだが、驚くことにシドニーは勝ち続け、終わったときには元手より千ドル以上多いチップを手にしていた。

ふと、一メートルほど先にボディガードがいるのに気づき、夫にささやいた。「ジョゼフがいるわ」

ルールは彼女の髪に軽くキスをした。「いつもだよ。それが彼の仕事なんだ」

「嘘でしょう？　あなたと出かけたらいつも？」

「そう。今までも必ず近くにいた」

「全然気づかなかったわ」

「そりゃそうだよ。必要とされないときは目につかないようにしている」

「だったらその達人ね」

「ジョゼフにそれを聞かせたいな。自分の仕事に誇りを持っているからね。次は何をして遊ぼうか？」

「ブラックジャックで運試しも楽しそう」

「よし」二人はブラックジャックのテーブルで一時

間ほど遊び、シドニーはまた少しチップを増やした。そのテーブルを離れる頃にはもう十時を過ぎていた。ルールが身を寄せてきた。「強運じゃないか」

「あなたよ。私に運を運んできたのは」

連絡通路を通って〈ハイシエラ〉に戻るため、五階へ上がるエレベーターに向かう。途中の廊下でルールがシドニーを抱き寄せた。二人の唇が重なる。その瞬間、フラッシュが焚かれた。

シドニーが笑った。「目から火花が出たかと思った」

だがルールの顔は笑っていなかった。「ジャッカルに気づかれた」

「えっ、何？」

「パパラッチだ。行こう」彼は妻の手を取り、エレベーターに急いだ。また何度もフラッシュが光る。

二人の前に、黒シャツにスリムパンツの毛髪の薄い男が現れた。首にはゴールドのチェーン。後ろ向きに走りながらルールにマイクをつきつけ、矢継ぎ早に質問をくり出す。「殿下、アメリカでお楽しみですね。白いドレスの女性はどなたです？　レディの手にあるのは結婚指輪ですか？」

「失礼。ノーコメントだ」ルールは速度を緩めない。

そこにジョゼフが現れた。彼がマイクを奪ったのだろう、黒シャツの男が横手によろめく。ルールはかまわず進み、エレベーターの前に着いたところでちょうどドアが開いた。彼がシドニーを押しこんで五階のボタンを押すと、ドアがすっと閉まった。

「ふう」シドニーがおかしそうに言った。「無事に逃げおおせたみたいね」

険しい顔でルールが言った。「用心すべきだった」

まもなくドアが開き、二人が降りるのと入れかわりにビジネススーツの一団が乗りこんだ。ルールはまたシドニーの手を握って連絡通路に向かい、半分ほど渡ったところで追いついてきたジョゼフに低い声で尋ねた。「大丈夫か？」

「カメラが多すぎて」冷静な声だが、にこりともしない。「交渉には応じず、写真を持って逃げました」

ルールは小声で悪態をつき、シドニーの背に手を置いて先へ促した。

〈ハイシエラ〉に着き、スイートルームのある階でエレベーターのドアが開くと、ジョゼフが顔を出してあたりを見回した。「問題ありません」そう言って二人に出るよう合図した。

廊下を早足で進む。部屋の前に着くと、ルールは用意したカードキーをすばやく通した。二人が室内へ入るのを確認したあと、ジョゼフも隣室に消えた。

スイートルームは静まり返っていた。トレヴァーは何時間も前に眠りに就き、ラニも自室に引き上げたのだろう。シドニーたちのために、御影石張りのホールにライトがつけてあった。

シドニーはドアにぐったりともたれかかった。

「ああどきどきした。スリル満点だったわ」

彼女の頭の脇に手をつき、ルールが身をかがめてキスをする。情熱的なキスはやがて穏やかになり、唇を離して彼が小声で謝った。「すまない……」

「どうして？　楽しかったわ」

「わかっていたんだ。君を何時間もカジノに連れ出すのは軽率だと。気づかれるに決まっている」

シドニーは彼の顔に触れ、こめかみのつややかな髪を指の甲でなぞった。「タブロイド紙に写真が出たところで、世界は終わらないわ」

「僕の立場上、この件はうまく収めないとまずい」

「どういうこと？」

「結婚のことは、君をモンテドーロに連れていくまで、あと二、三週間は内密にしておきたかった。その後、きちんとした文書で公式発表するつもりだった。写真もファミリー専属のカメラマンに撮らせ、中から選んだものをマスコミ各社に提供しようと」

「廊下で撮られた、二人が驚いて口をあんぐり開けた写真はきちんとしていないということ？」

　ルールは笑ったが、その目は曇っている。「ああ」シドニーは彼のジャケットの襟を撫でつけて直した。「それがどんなにまずいことでも、楽しい時間を過ごしたことだけは忘れないで。少なくとも私は楽しかったし、ゴシップ紙にみっともない写真が出たくらいで台無しになるようなものじゃなかった。二千ドル近く勝ったのもどきどきしたし。それより、あなたと結婚できただけで幸せなの。おでこに突然四つ葉のクローバーのタトゥーを彫られた気分」

　ルールはあのうっとりするほどセクシーな表情でシドニーを見ていた。たちまち彼女はどぎまぎし、悩ましい気分になった。「君のおでこに四つ葉のクローバーはないよ」そこにルールがキスをする。

「あるわ」シドニーが小さく言った。「見えないだけ。私は鋭いから目に見えなくてもわかるの」

「待ってくれ、僕にも見えるぞ」ルールが額に口づけしたまま言い、柔らかな唇が眉間、鼻先へと下りていく。そのあと彼女の唇を一噛みして、顎にキスをした。「そして君が楽しんでくれてよかった」

「ええ」もうあえぎ声になっている。「楽しかった」

　再び熱い唇で口をふさがれたが、ありがたいことに寄りかかれるドアがあった。膝はぐらぐらしているけれど、まだ立ってはいる。とはいえ、もうその必要はなかった。キスを続けながらルールが彼女を抱き上げ、アーチをくぐってリビングに入っていく。

　運転手は約束を守ったらしく、テーブルの上に大きなケーキの箱とベール、ブーケ、花婿の胸の黄色い薔薇が置かれていた。唇を合わせたままシドニーがほほえみ、ルールは彼女を抱いたままドアを抜けて寝室に入った。ベッド脇のランプがほの暗く灯り、壁際の長テーブルにはシャンパンの入ったワインクーラーとグラスが二つ並んでいる。キングサイズのベッドは、誘うようにカバーが折り返してあった。

シドニーが腕を伸ばしてドアを閉めると、ルールはベッドの手前で彼女を下ろした。二人はまた甘いキスを交わし、それはいつ果てるともなく続いた。

だがとうとうルールが頭を上げ、彼女に背を向けさせた。彼の意図を読んだシドニーが髪を脇に寄せ、彼の手がドレスのファスナーを下ろしていく。腕を抜いた彼女がドレスを床に落とし、脚を抜いて拾い上げた。そばの椅子に運んで丁寧に白い襞(ひだ)を伸ばす。

「おいで」ルールの声は欲望でかすれていた。

「待って」シドニーは肩越しにいたずらっぽい視線を送り、ドアの鍵を確かめに行った。部屋の奥のドレッサーのそばで靴を脱ぎ、ブラジャー、白いレースの下着、パールのイヤリングを順に外す。続いて祖母から譲り受けた一連パールのネックレス、ブライダルサロンでもらった青いレースのガーターを取る。ようやく、笑顔以外何も身につけていない姿で彼に向き直った。「あなたの番よ」

ルールは喉の奥で低くうなり、所有欲むき出しの熱っぽい目で彼女を見た。「すぐ戻る。そのままで」

彼はウォークイン・クローゼットに入ってすぐ戻り、ナイトテーブルに避妊具の包みを二つ置いた。

シドニーがそっと言う。「必要ないんじゃない?」

ルールの瞳に何かが揺らめいた。勝利? 喜び? だが、じっと佇(たたず)んだままだ。「いいのか?」

彼女はうなずいた。「二人とも子どもを欲しがっている。だったらさっそく取りかかりましょうよ」

「シドニー・オシェア・ブラボー=カラブレッティ」ルールが言った。「君には驚かされてばかりだ」

シドニーは彼が口にした自分の新しい名前にうっとりした。もう何も疑ったりしない。「自分の欲しいものはわかっているわ。あなたが欲しい。あなたとトレヴと一緒に家族をつくりたい。それに私は欲張りだから、赤ちゃんももっと欲しいの」

ルールはシドニーに一歩近づいた。

彼女が手を上げる。「服を全部脱いで。お願い」

ルールはおとなしく従った。無駄な動きは一つもせずにすばやく裸になり、みごとな仕立てのスーツをぞんざいに脇に放った。現れた完璧な体を見るなり、シドニーは息をのんだ。彼女が腕を差し伸べると、彼が引き寄せた。力強い腕に抱かれて彼の熱とたくましさを感じること以上にすてきなことはない。

ルールは妻の髪から背中へと大きな手を這わせた。

「今夜の僕は世界一幸せな男だ」

シドニーが顔を上げる。「うれしい、すごく……」

彼女はキスを受けながら思った。どれだけキスをしてもまだ足りない。ようやく、探していることすら忘れかけていたものを見つけたのだ。

彼をベッドに引き倒し、その愛撫を、魔法の唇を存分に味わう。膝の裏や肘の内側のくぼみ、くびれも一つ残らず、ありとあらゆる部分に口づけされた。乳房への執拗なまでのキスのあと、熱い唇が秘密の場所を襲い、ついに歓喜の声をあげて昇りつめた。たまらず黒髪をつかんで彼の名をささやく。

シドニーが甘い満足感に浸ってため息をついた。するとルールが覆いかぶさってきた。そう、そうしてほしかったのだ。しっかりと抱きつくと、まもなく彼がすんなり入ってきた。心も体も開いて迎え、貪欲に受け入れる。絶頂の余韻がまだ全身で脈打っている。奥まで満たされて、小さい叫び声と共に歓びを解放する。こんなにすてきなことってある？　いいえ、ありえない。ともかく、生まれてからずっと探していた男性をついに見つけた……いいえ、彼のほうが私を見つけてくれたのだ。二人を引き裂くものなど、あるはずがない。

なぜ目が覚めたのか、ルールにはよくわからなかった。なんとなく不安だからだろう。寝返りを打ち、傍らで眠る女性に目をやる。ランプは消えていて、部屋は闇に包まれていた。穏やかで満ち足りた寝息が聞こえる。かろうじて見える妻の顔は、口元に柔らかな笑みを浮かべていた。

彼女が僕を幸せにしてくれた。いろいろな意味で。

真実を知ったら、やはり彼女は腹を立てるだろう。だがとても知的な女性だし、二人の相性がいいのも間違いはない。内緒にしていたこともきっと許してくれるはずだ。なぜそんなことをしたのか筋道を立てて説明すれば、僕のほうに誠実さに欠ける部分があったにせよ、結局は一番いい形に収まったのだとわかってくれるだろう。彼女は僕と一緒にいたいはずだし、僕も彼女と、そしてあの子といたい。この問題を共に乗り越え、きっと前に進めるはずだ。

ルールはシドニーに触れ、キスをし、また愛を交わしたくなった。彼女に触れていると、秘密を持ったまま結婚してしまったことを忘れられる。

いや、やめておこう。今は起こしたりせず、しばらくぐっすり眠らせてあげよう。

ルールは仰向けになり、もやもやした気分で暗闇を見つめた。どうしてこんなに、この問題が頭から離れないのだろう。考えても仕方がないのに。いずれにせよ、真実を告げるのはまだ先のことだ。もしかしたら、永遠に告げずに終わるかもしれない。彼女が知る必要もないのでは……今日一日、自分がそんなふうに考えていることにルールは気づいていた。

だが本来、誠実さが自分の信条だ。自分の性格、そしてフェアプレーに対する強い信念を考えると、彼女に隠し事をしているのはとてもつらい。

考えれば考えるほど、あまりにも皮肉だった。彼女を妻にしたいと思ったとき、嘘をつくことを選んでいた。それが目的を達成するための唯一確かな方法だと思ったのだ。だがそうなると、自分を誠実な男だと考えるのはまた別の嘘でしかない。

うじうじ悩むのはもうやめにしよう。自分が決めた道だ。今さら引き返すことはできない。

　そのとき、バイブレーションの音がかすかに聞こえた。そばの椅子に放り投げたズボンのポケットからだ。携帯電話だろう。

　シドニーを起こさないよう慎重にベッドカバーをどけて床に足を下ろすと、着信音はすでに鳴りやんでいた。ポケットから電話を出して忍び足で浴室へ向かい、相手を確認する。

　父親からだった。録音メッセージを再生すると、父親の声が流れてきた。〝ルール、すぐにこの番号に電話してほしい。リリアナの件で話がしたい〟

　リリだって？　今度はなんだ？　九時間の時差を考えると、モンテドーロは今、昼の十二時頃だろう。電話するなら一番いいタイミングだ。だが浴室はまずい。シドニーが目覚めて起きてくるかもしれない。

　そこで真っ暗な寝室に戻った。花嫁は無垢（むく）な人間だけに許された安らかな眠りに就いている。ルールは下着とズボンを身につけ、足音を忍ばせてドアへ向かった。ゆっくりと手前に引く。蝶番（ちょうつがい）が協力してくれたおかげで、きしまずにすんだ。部屋を抜け出し、そっとドアを閉める。バルコニーに出ると暖かな砂漠の夜に迎えられ、引き戸を閉めた。

　最初の呼び出し音で父親が出た。「お祝いを言うべきなんだろうな」

　バルコニーにはカフェテーブルのほかに二脚の椅子があり、その一つにルールは腰を下ろした。「ありがとうございます。すごく幸せです」

「あの子は？」

「トレヴァーは……まさに天の啓示です。あんなにすばらしい子だとは思わなかった。会うのを楽しみにしていてください」

「そうだな。いつこっちに連れてこられる？」

「シドニーは一カ月欲しいと言っています。僕はその前に一週間ほどそっちに帰って仕事を片づけ、彼女の引っ越しを手伝いにダラスへ戻るつもりです」

「マスコミと少しごたごたがあったらしいが？」

なぜ父が知っているのかは尋ねなかった。ジョゼフが報告していてもおかしくないし、ほかにもいくらでも情報源はある。「写真を撮られたんです。シドニーの白いドレスやダイヤの結婚指輪を足し算して、まあその手の記事になるでしょうね」

「タブロイド紙に載るのにそう長くはかからんな」

「そうですね」ルールはうんざりした。

「リリアナはまだゲストとして宮殿に滞在している。おまえが別の女性と結婚したことはまだ知らない」

「ええ」ルールは立ち上がり、鉄製の手すりに寄りかかってホテルのプールを見下ろした。水中からの照明で水面は不気味に光り、ラウンジチェアの列には人気がない。

「アドリエンヌが連絡を待っているぞ。子どもたちの中ではおまえが一番慎重で頼りになると昔から思っていたからな」

「母上をがっかりさせてしまいましたね」

「わかってくれるさ」父の声はさっきよりやさしい。

「あの秘密はまだ？」

「誰にも言っていない。アドリエンヌにさえ」父はため息をついた。

「リリにはまず話しておくべきでした。彼女とは幼なじみだし、レオ王とモンテドーロとの間にときおり起こるいざこざを考えても」レオ王はリリアナの父親で、短気なだけでなく娘を溺愛している。「でも彼女にプロポーズしたわけでもないのに、そんな話をするのは決まりが悪かったんです。君と結婚するつもりはないと、はっきり言うのもどうかと思ったし。タイミングの問題もありました。シドニーに出会った瞬間、僕の心は決まった。アメリカを出る前に目的を果たさなければと思ったんです」

「そこまで確信があったんだな？　彼女を一目見ただけで」

「ええ」ルールはきっぱりと言った。「そうです」

「彼女だからこそ結婚したいと思ったんだな？　あの子のためだけではなく。今でも……自分にふさわしい女性だと思っているのか？」

「ええ、初めて会ったときも、今も」

「それでも例の件を告げる自信はない、と」

ルールは表情を曇らせた。父はかなり痛いところを突いてきた。「僕はそう選択したんです。結果を受け入れる覚悟はできています」

父は黙りこみ、ルールはきたる非難に身がまえた。説教されて当然だ。運命の誘惑に乗り、僕は自由になるんだ、これは人助けのためだと自分に言い聞かせて、無責任で軽率なまねをしたのだ。

三年以上前、ルールは自分が何に飢え、何を求めているのかわからないままに、分別を失って行動した。そして今ようやく探していたものを見つけ、そのかけがえのない宝を手に入れるために嘘をついた。そしてこれからも嘘をつき続ける羽目になる……。

だが、父が口にした言葉はこれだけだった。「それならいい。おまえのジレンマはわかるし、同情もする。だができるだけ早くリリアナに会って説明したほうがいい。彼女はまずおまえから事情を聞くべきだ。この件については何も知らないのだからな」

「父上の言うとおりです。火曜のつもりでしたが、月曜には戻ります。あ、もう今日になりますね」

「よし、最善を尽くせよ」

ルールはそうすると約束し、電話を切った。部屋に戻ろうとして振り返ると、シドニーがいた。白いタオル地のバスローブを羽織り、ガラス戸の向こうから彼を見つめている。眠っていたせいで髪がもつれ、陰になった緑の瞳に不安の色を浮かべて。

8

ルールは部屋に背を向けており、声も小さかった。分厚いガラス戸越しに会話が聞こえたはずはない。

不安を打ち消し、彼はドアを開けてすまなそうに言った。「起こしてしまったかな……」

「いいえ、あなたがいなかったから起きたの」シドニーは彼の手を取って部屋に導き、ガラス戸を閉めた。彼女に見つめられると、例の感覚が湧き起こる。今、父にも話した感覚。彼女と一緒にいることも、思いきってくどいたことも、すべてが自然な流れだという感覚。この感覚と、自分の仕掛けた危険なゲームが悲惨な結果に終わるかもしれないという恐怖がないまぜになっているのが残念だった。「どうしたの？」彼女が探るように見つめている。

彼はつないだままの手を引いて部屋に入り、ドアを閉めて鍵をかけた。

「ルール、どうしたの？」

彼女の愛らしい顔を両手で包みこむ。幅広の唇も、少し大きすぎる鼻も愛しい。彼女が魅力的で男を惹きつけるのも、この鼻のせいだ。彼女にはすでに一度嘘をついている。真実を言わないという嘘を。だから、それ以外のことは正直に話さなければ。「きっと怒ると思うが……」

「なんだか怖いわ。話して、お願い」

ルールはまた彼女の手を取ってベッドに座らせ、自分も隣に座った。「父から電話があった。今日モンテドーロに戻ってこいと言われたんだ。リリアナにプロポーズをしないこと、僕がすでに結婚したことを、僕の口からきちんと彼女に説明しろと」

シドニーは手を離し、ずばりと訊いた。「あなたはどう思うの、ルール？」

「父の言うとおりだと思う」

彼女が寝乱れた髪をかき上げ、ルールは触れたくなるのを我慢した。「リリアナ王女は、まだあなたのプロポーズを待っているのね？」

「みんなそう思っている。彼女はまだ宮殿にいる。僕の結婚をタブロイド紙で知られるのはいやだ」

「いや？」

「ああ、いやだ。前にも言ったが、彼女は妹みたいな存在だ。結婚はできなくても、彼女が傷つくのは見たくない」

「わかるわ」

「シドニー……」ルールは彼女を抱こうとした。

シドニーは身を引いた。「そもそも、どうして彼女はあなたが結婚してくれると思っているの？」そう言ってルールを見た。彼を熱く求めていたやさしい瞳が、今は冷たいエメラルド色に光っている。

「彼女は子どもの頃から僕に恋していると自分で信じていた。ずっと僕を尊敬し……待っていてくれた。僕がなかなか結婚しないので、両家から、例の法律に従って早く身を固めろと言われてきた。いろいろな意味でリリは理想の相手なんだ」

「いろいろな意味？」

ルールはいらだってため息をつきそうになったが、こらえた。「両国の関係という意味だ。モンテドーロとアラゴニアは昔からいざこざが絶えなかった」

「しょっちゅう戦争をしていたということ？」

「いや。僕たちのような小国はほとんど戦争をしない。そもそもモンテドーロには軍もない。でも、ずっと険悪で憎みあっていた。ここ最近で最も関係が悪化したのは、リリの父のレオ王が僕の母との結婚を望んだときだ。だが、母は自らモンテドーロを治め、国の主権を守りたいと思っていた。もしレオ王と結婚したら、モンテドーロの統治権は侵害される。

それにレオ王には昔から好感を持っていたとはいえ、夫として愛せるとは思っていなかった。母は結婚に愛を求めていたんだ。だからプロポーズする隙を与えないようにしていた。そんなとき父と出会った」

「まさか一目惚れ？」彼女は冗談めかして言った。

「母はそう言っている。父もね。そして二人は結婚した。レオ王は短気なことで有名だ。怒った彼はプライドを傷つけられた腹いせに経済制裁までして、母とモンテドーロに復讐しようとした。だが、やがてリリの母と出会って結婚した。イギリス出身のレディ・イブリン・ダンライルだ。レオ王は新妻を愛して幸せになり、母とモンテドーロへの復讐をやめたんだ。イブリン王妃と母はすぐに仲よくなった。王妃は数年前に亡くなったが、両国の関係は三十年近く良好で、リリも僕の家族同然だった」

「つまり、結婚すれば国同士の絆が深まるのに、事実上彼女を捨てたわけね。もし彼女が父王に泣きついたりしたら、また険悪になるわ」

「捨てていない」ルールはむっとしたが、すぐに気持ちを抑えた。「つきあってもいないのに捨てるも何もない。誓ってもいいが、リリとはキスもしていない。兄がするような頬への軽いキス以外はね」

「でも、彼女はこれから本当のキスをしてもらえると思っているわ。一緒になれるって。六月二十四日までに結婚できると思っている」

「ああ」彼は力なく言った。「そうだろうね」

「かわいそうだとは思わない？　期待を持たせたことがないなら、なぜプロポーズしてもらえると信じているの？　それとも、よほどのお馬鹿さん？」

「リリはロマンティストなんだ。その……空想好きというか。彼女はいい子だ。性根がやさしい」

シドニーは首を振った。「彼女を騙したの？」

「そんなことはしていない。ただ……誤解させたままにしてしまった」

「嘘よ、ルール。彼女はあなたにとって都合のいい切り札だったんだわ」緑の瞳がルールを見つめた。

頭の中をのぞかれた気がして、ルールはたじろいだ。決して褒められない自分の行動を弁解しようとしたことさえ、見透かされているようだ。

「確かに気を持たせることは言わなかったかもしれない。でも結果は同じ。だって彼女は、あなたこそ運命の人だと信じているし、ロマンティストなんだもの。三十三歳までに人生のパートナーが……その役目を果たしてくれる人が見つからなければ、リリと結婚すればいい。あなたはそう思っていたのよ」

「もういい」ルールは両手を広げた。「そのとおりだ。確かにそう思っていた」

シドニーの視線が痛いほど鋭い。「ひどいわ、ルール。本当にひどい」

「ああ、シドニー。確かに……ひどい。責任を感じるし、直接彼女に謝りたい」

「ぜひそうして」彼女はうんざりしたようにため息をついた。

沈黙が降りる。ルールは前を見つめた。彼女を怒らせてしまった。リリアナのことでこれだけ怒っているのに、トレヴァーのことを知ったらどうなるか。自分は不誠実な男だという思いが頭から離れない。トレヴァーのことでも、リリアナのことでも。自分は正直者だと思っていたが、実際は、都合がいいときだけそうなるにすぎない。ルールはそんな自分が恥ずかしかった。それに、モンテドーロにすぐに戻る言い訳として、たった今また嘘をつこうとしたではないか。もうすぐ結婚初夜が明けるというのに、ベッドの端に並んで座ったまま、シドニーの目を見もせずに。ルールは自分に腹が立った。

「朝食のあと、すぐに出発しましょう」シドニーは言った。「あなたはモンテドーロに行って。私はラニとトレヴァーと自分の分の飛行機を予約するわ」

「ダラスまで送るよ」ルールは言った。

「いいえ、大丈夫。私は――」

「いや」彼は有無を言わさず遮った。「テキサスまで送る。それからモンテドーロに向かう」


三十分後、暗闇でベッドに横たわっていた二人はお互いに触れもせず、そっぽを向いていた。ルールが都合よく利用してきた女性と話をつけるのは当然だとシドニーは思っていた。

当然だけど……。それでもシドニーは気に入らなかった。ルールに幻滅していた。新婚初夜が彼のせいで台無しになったのも腹立たしい。シドニーはまさに王子様と結婚した。彼は完璧な男性だ。なのに、結婚した翌日に、自他ともに認めたも同然の許嫁に謝るため、一人で国に戻ろうとしている。その女性は、ルールにとって妹のような存在で、美しく繊細なロマンティストだという。シドニーにはあてはまらないものばかりだ。自分は美しくもないし、繊細さのかけらもない。まあ、多少はロマンティストかもしれない。でも、そういう性格を楽しむ贅沢を味わうこともなかった――王子様が現れるまでは。

結局、王子様はそれほどすばらしい人間ではないのだろう。もう少しゆっくり物事を進めるべきだった。彼と結婚するのが正しいのか、時間をかけて見極めるべきだったのだ。過去にもひどく傷ついたことがある。こと恋愛となると私の判断は信用できないと、ライアンとピーターが証明した。なのに、ルールとたった四十八時間過ごしただけで、ラスベガスで結婚してしまったのだ。

シドニーは目を固く閉じた。結局、お馬鹿さんは私では？　また気持ちだけで突っ走ってしまった。そのせいで、結婚初夜にベッドの端で惨めに体を丸めることになるなんて。

そのとき、澄んだ湧き水のように、ふと一つの真実が浮かんできた。ルールはライアンやピーターとは違う。嘘はついていないし、私を騙してもいない。彼はプロポーズの前にリリアナ王女について真実を話してくれた。リリアナに説明すべきだから戻ってこいと父親から言われたことも正直に打ち明けた。帰国する別の理由をでっち上げることもできたのに。シドニーも彼の母国での役割をわかっている以上、急遽帰国する理由としてそれらしいことを言われれば信じただろう。でもルールはそうしなかった。楽な道を選ばなかったのは、彼の高潔さの表れだろう。今起きていることを包み隠さず話してくれた。たとえ印象が悪くなろうと真実を話してくれたのだ。

たちまち緊張が緩み、心も軽くなった。シドニーはゆっくりと身を起こして足を伸ばし、ため息をついてベッドに仰向けになった。隣のルールは黙りこんでいる。何かをじっと考えているようだ。息づかいも聞こえない。でも起きてはいるはずだ。彼女と同じように惨めな気持ちで横たわりながら、今のこの状況にうんざりしているにちがいない。

でもまだ彼を許したわけではない。今はまだ。彼の腕に身を任せることも、リリアナ王女と会う彼を、励ます笑顔と優しいキスで送り出すこともできない。でも……彼の立場はわかるし、同情もしている。

二人の体を隔てるシーツが冷たい。シドニーは片手をシーツに滑らせ、じっとしている彼の体をゆっくりと指でなぞった。ルールの手が動く。手が触れあったとき、シドニーはその手を引っこめなかった。彼女はそのまま動かなかった。今は彼の温かな腕に包まれたくなかったけれど、彼の指が自分の指をなぞるのは止めなかった。彼に手を握られても抵抗しなかった。シドニーは手を離さず、ルールも手を離さなかった。やがて彼女は眠りに落ちた。

ルールはシドニーたちがダラスで使う車を手配し

てくれていた。車に荷物が積みこまれ、彼が見送りのため飛行機を降りてきた。空港の作業員がモンテドーロへの離陸準備で慌ただしく動き回っている。

トレヴァーはルールにぎゅっと抱きついた。「じゃあね、ルー！　キスだよ！」彼はルールの頬にちゅっと大きな音をたててキスをした。

ルールもキスを返した。「少しだけお別れだ」

「すぐだよ。はやく、またきて」

「ママとラニの言うことをよく聞くんだぞ」

「うん！」

ルールはトレヴァーをラニに預けた。「ちょっと外してもらってもいいかな？」彼が静かに言うと、ラニはすでに運転手が乗りこんでいる車の後部座席にトレヴァーを連れていった。ルールはシドニーに向き直って彼女の片腕に軽く触れ、すぐに手を引っこめた。布地越しに触れられただけで、彼女の腕に甘くかすかな痛みが走る。「まだ許してくれないんだね」ルールが言った。それは質問ではなかった。

「気をつけて行ってらっしゃい」シドニーはルールを見つめ、口角を上げて笑みらしきものをつくった。

ルールはつぶやいた。「ああ、シドニー」そしてシドニーを抱き寄せた。

彼女は身をこわばらせ、彼の胸を押し返して逃げようとした。だが彼がキスしてきた。キスは甘く、彼のすてきな香りがして……。気づけば、ルールの首に両手を回していた。彼の胸に身を任せ、キスに応える。とまどいがちにもれたかすれ声には、不本意ながら欲望がにじんでいる。

彼がようやく顔を上げたとき、シドニーはひっぱたくべきか、引き寄せて再びキスすべきか迷った。

「キスでは何も解決しないわ」シドニーは硬い声で言い、また彼の胸に手を押しあてて安全な距離を保とうとした。彼の腕を振りほどくべきだとわかっていたけれど、あと一、二分でお別れだし、どうせもうキスしてしまっている。別れるまではこのまま温かい腕の中にいてもいいわよね。

「わかっている。だが、さよならのキスもせずに君と別れるなんていやだ」

そう、そのとおりだ。彼にキスされてうれしかった。キスが言葉以上の意味を持つこともある。シドニーは愛おしげに彼の片頬に手を添えた。「会うのを楽しみにしていると……彼女に伝えてね」

ルールがシドニーのてのひらにキスをした。出会った最初の夜、〈マンション〉のレストランでそうされたときのように、彼の温かい吐息が肌をかすめた。「すぐに戻る。今週中にね」

一週間では足りないことを伝えなければ。シドニーは言った。「会社の仕事が全部片づくまで一カ月はかかると言ったわ。それに、償いとして大口のクライアントを経営者に紹介するには、あなたが一緒じゃないと」

「やると言ったことはやるよ。ただ、もっと早く片づけばいいなと思っているけど」

「それは無理。わかってちょうだい」

「努力はしてみる。あと、戻ったら君のところに泊めてほしい」彼はやさしく言い添えた。「君なしではいられないから」

そう言われてシドニーは思わずよろめきそうになったが、本当はもっとしゃんとしなくてはいけないはずだった。彼が欲しいけれど、依存はしたくない。混乱してどうにかなりそう。彼女は天を仰いだ。「私なしではいられない？　あら、ずいぶんリップサービスしてくれるのね」

ルールは彼女の腕を取った。「正確には、君なしでいたくない、だ。夢中なんだ。わかるだろう？」

ええ、よくわかるわ。かまわないわ。シドニーの心が少しほぐれた。「もちろん、あなたにどれだけ腹を立てていても」

いたくない。あなたにどれだけ腹を立てていても」

「よかった」

「それに結婚したばかりよ。そもそも出会ったばかりだし」

「確かに」ルールは穏やかに言ったが、そのまなざしは荒れ狂う海のように暗く激しかった。「もうやめよう」彼はシドニーの手の甲にキスした。唇が触れただけで、電流が体の芯を貫く。全身がかっと熱くなり、同時に安心感をもらった。「一週間だ」彼は祈るように言った。「どんなに長くても。君と離れていると、毎日寂しくてたまらないだろうな。電話するよ。呼び出し音に君がうんざりするくらい」

「走って取るわ。何度かかってきてもうれしいもの」彼女はささやいた。「あなたからの電話なら」

「シドニー……」彼はもう一度キスをした。すばやく強く唇を押しつける。「一週間だよ」

ルールがようやく離れた。シドニーは飛行機に乗りこむ彼を見守り、機内に入る前に彼が振り向くと、待ちかまえていたかのように手を振った。まもなく、彼の姿が消えた。


ルールは朝五時にニース空港に降り立った。そこからモンテドーロまでは車ですぐだ。六時前には大公宮殿内にある彼個人の居住棟に入った。

八時に個人秘書のキャロリーヌ・ドスタールが、彼が毎日読んでいる新聞五紙を持ってきたので目を通した。そのうち三紙に彼とシドニーのことが載っていた。使われている写真はみな同じで、一枚は二人がキスしている写真、もう一枚は二人が〈インプレサリオ〉の廊下を歩いている写真だった。見出しも似たり寄ったりだ。〝カラブレッティ大公子、結婚――ルール殿下の駆け落ち相手はダラスのやり手弁護士〟

ダラスは午前一時を回ったところだ。シドニーはもうベッドの中だろう。彼女を起こすのは不本意だったが、結局電話した。

三回目の呼び出し音でシドニーが出た。「念のために言うと、今は夜中の一時よ」眠そうな声だ。

「君が恋しい。そばにいられたらいいのに」

「これは、いたずら電話？」

ルールは笑った。「まあ、似たようなものだ」

「もう着いたの？」

「うん。今は宮殿の居住棟にいる。秘書が新聞を持ってきたところなんだ。僕たちの記事がトップだ」

「どのタブロイド？」

彼は紙名を教えた。「インターネットでもあちこちに出ていると思うよ。君の名前もばっちり明記されていて、花嫁は〝ダラスのやり手弁護士〟とも書かれている」

「わあ、話が広まる前にパートナーに説明しておかなくちゃ。リリアナ王女とはもう話したの？」

「いや。だがすぐに行く。午前中に」

「どう言えばいいかわからないけれど、頑張って。終わったら電話をちょうだい」

ルールは、目が腫れぼったくて髪も乱れた、寝起きの彼女を想像した。胸が苦しい。体にぽっかり穴があいたみたいだ。彼は申し訳なさそうに言った。

「電話したら、また起こしてしまう……」

「どうせもう眠れないわ。結果を聞かないかぎり」

全部自分が悪いとルールは思った。あらゆる点で。

「電話しなければよかったな」

「そんなことないわ。終わったらすぐに電話して。お願い」

「もちろんだよ。シドニー……」彼は言葉を探したが、見つからなかった。

彼女はささやいた。「電話してね」

「わかった」ルールは約束した。電話が切れる音がし、彼は一人きりになった。地球の反対側に彼女を残したまま。共にいるのは良心の呵責（かしゃく）だけだった。

二時間後、ルールは、リリアナが宮殿に来たときにいつも使うスイートルームの応接間にいた。三十分待っても彼女は現れない。彼の結婚話を聞いたかどうかもわからなかった。リリアナのアラゴニア人のいとこで、今回同行しているレディ・ソランジュ・モルターノの愛想はよかったから、これなら、リリアナにとってはよくない知らせを自分の口から最初に届けられそうだと思った。

私室につながるドアが開き、彼は立ち上がった。リリアナは全身白ずくめだった。ワイドパンツとチュニック丈のジャケットを着て、長いブロンドの髪をゆったりと下ろしている。青い瞳がきらめき、うれしそうに頬を赤らめていた。いつもどおり美しい。彼女が傷つくところなど見たくない。傷つけたいと思ったことなど一度もないのだ。

「ルール」リリアナが両手を広げて歩み寄った。ハグする間、彼女の頭頂部を見ながら、今すぐこの応接間から逃げ出せればいいのにとルールは思った。頭がよくて頑固で魅力的なブルネットのテキサス娘に心を奪われたなんて打ち明けたくなかった。

リリアナは華奢(きゃしゃ)な手で彼の両手を包み、一歩下がってほほえんだ。「やっと帰ってきたのね……」

やはり知らないのだ。

「リリ、着いてすぐに君に会いに来た。大事な話があって」

リリの顔がひときわ輝いた。これ以上ないというほどに。「え?」彼女は言葉に詰まったようだ。「本当に? やっと……」

彼女は気絶してしまわないだろうか? 昔から繊細な性格だ。「まずは……座ろうか?」

「ええ、そうね。そうしましょう」リリアナは青いベルベットのソファに彼を案内し、二人は腰を下ろした。「それで、話したいことって?」

どう切り出せばいいかわからなかった。舌が役立たずの肉塊のようにこわばる。「その……リリ、本当にすまない」

リリアナの顔がわずかに曇った。「ええと、すまないって……どういうこと？」

「君がずっと僕との結婚を望んでいたことは知っている。ずっとそういう思わせぶりな態度をして、本当に悪かったと思う。そうやって――」

リリアナが遮った。「ルール」

彼は口に拳をあてて咳払いした。「何？」

非の打ちどころのないリリアナの顔は、怖いほど穏やかだった。「わかったわ。そういうことね。プロポーズするためにここに来たわけじゃないのね」

「ああ、リリ、そうなんだ。じつはもう結婚したことを話しに来た」

リリアナが息をのんだ。顔が真っ青だ。

倒れる彼女を支えるため、ルールは身がまえた。

9

だが、リリアナはソファに腰かけたまま、小声で尋ねた。「お相手のお名前は？」

「シドニー。シドニー・オシェアだ」

「モンテドーロの人じゃないのね？」

「違う。アメリカで知りあった。テキサスで」

リリアナはあえいだ。白い喉元が震えている。

「シドニー・オシェア。テキサス出身」

「そうだ。リリ、僕は……」

彼女は手を振った。「やめて、お願い。もうわかったわ。正直に話してくれたのね。一緒になって、とても幸せなんでしょう、あなたとそのシドニーという方は」青い大きな瞳がルールを刺すように見つめた。相変わらず落ちつき払って見える。顔にこわばった笑みさえ浮かんだ。「すばらしい幸せな人生になるよう、お祈りするわ」彼女は立ち上がった。「悪いけど、そろそろお引き取り願えるかしら?」

「リリ……」ルールは立ち上がった。彼女に触れたかったが、そうすべきではない。傷口に塩をすりこむようなものだ。彼女のためにしてやれることは何もない。リリアナがこの状況をやり過ごし、楽になるために、彼にできることなど何もなかった。ルールこそがすべての元凶だった。彼の目の前で卒倒しかけて惨めな姿をさらした彼女にさらに嫌われる前に、一刻も早く立ち去らなければ。

「行って」リリアナはもう一度言った。「お願い」

ルールは言われたとおりにした。軽く会釈してきびすを返し、彼女の部屋を後にした。

ルールは私室に戻るとすぐにシドニーに電話した。

「どうだった?」彼女が尋ねた。

「最悪だよ。話をしたとたんに帰れと言われた」

「彼女のそばに、話を聞いてくれる人はいるの?」

「いとこが一緒だ。あまり親しくはなさそうだが」

「彼女と親しい人は誰?」

「やめてくれ、シドニー。そんなことを聞いてどうする? 君や僕には関係ないだろう?」

「男って本当に鈍いんだから。そばで慰めてくれる人が必要なの。親身に話を聞いてくれる人が」

ルールには強い酒が必要だった。だが、まだ朝の十一時だ。「君は彼女と会ったこともないだろう、シドニー。リリに何が必要か、なぜわかるんだ?」

「ルール、同じ女だもの。私にはわかる。泣いてすがれる本当の友達が必要なのよ。そういう友達がついていてあげないと」

「シドニー、君はすごいな」彼は精いっぱいの皮肉をこめて言った。「僕だってこんなことになって強い責任を感じている。でも、リリアナのことを知りもしない君が勝手な想像をするのはやめてくれ」

「あなたのことがどんどん嫌いになる。わかる？」

「ああ、わかるよ。お互い様だな。僕だって君には心底うんざりしてきたよ」

　沈黙のあと、きっぱりした声が告げた。「もう切るわ。あとで後悔するようなことを言う前に」

「そうだな。もう寝たほうがいい、シドニー」

「寝られるわけないでしょう」ぶちっと電話が切れる音がして、静かになった。

「じゃあな」ルールは腹立ちまぎれに言った。もう電話は切れているから言う必要もなかったが。

　ルールは電話を置いて立ちつくしたまま、ソファの上の油彩の風景画をぼんやりと眺めた。誰かを絞め上げたくてたまらない。願わくは、我が新妻を。

　ドアがノックされ、怒りが中断した。「どうぞ」

　秘書のキャロリーヌが入ってきて、大公殿下とエヴァン殿下が青の間でお待ちですと告げた。

　両親の私室の青の間では、互いに気兼ねなくふるまえた。母はルールをハグし、相談もなしにテキサスの花嫁と結婚したことを許すと言った。父も結婚を喜び、シドニーとその息子に早く会いたいと言った。数週間前にルールが打ち明けた秘密には触れなかった。父が約束を守り、花嫁と知りあうに至った経緯を黙っていてくれることがありがたかった。

　いざなれそめを母に訊(き)かれたとき、ルールはできるだけ正直に答えた。「百貨店に入る彼女を一目見て、声をかけなければと思ったんです。だから後を追って昼食に誘い、くどき続けて結婚にこぎつけました。颯爽(さっそう)とバッグを肩にかけながら車を降りた彼女を一目見た瞬間、この女性だと思ったんです」

　母は納得した。母自身、訪米中にハリウッドのパーティで父と出会い、似たような経緯で結婚したからだ。「本当に心配したわ」母はやんわりとたしなめた。「誕生日までに決断できないんじゃないかと思って。だからといってリリと結婚しても、うまくいかないと思っていたのよ」

ルールは驚きの声をのみこんだ。「そう思っていたなら、言ってくれればよかったのに」

母は優雅に肩をすくめた。「言っても無駄だったと思うわ。リリはかわいいし、あなたも憎からず思っていた。だからあなたと彼女は合わないと母の私がいくら言っても、運命の人にでも出会わないかぎり、聞く耳を持たなかったでしょう」

ルールはどう答えればいいのかわからなかった。なんとかして反発したかった。実際、腹が立って仕方がなかったのだ。でもその原因はシドニーとの会話だ。だからだんまりを通すことにした。

母と父が顔を見あわせ、母がうなずくと、父が言った。「近々、リリと二人きりで話すべきだね」

ルールは思いきって告げた。「じつはもう話しました」

母がいきなり立ち上がり、ルールと父もそれに倣った。「どうして先に言ってくれなかったの？」

まったくだ。今すぐ誰かを絞め上げるか、壁に拳を打ちつけたい。「言いました。たった今」

「いつリリと話したの？」母が尋ねた。

ルールは腕時計に目をやった。「四十五分前に」

「結婚のことも言ったの？」

「はい」両親はもの言いたげに顔を見あわせた。

「彼女に話さないほうがよかったとでも？」

「いいえ、もちろん話すべきよ」

「それならどうして……」

「今、リリは一人？」

「さあ。最初に応対したのはソランジュ・モルターノでした。まだリリの部屋にいるんじゃないかな」

「モルターノではだめよ。リリには慰めてくれる人が必要だわ」

シドニーと同じことを言っている。ルールは余計に腹が立った。歯ぎしりしながら詫びたが、本当はうんざりだった。「僕が悪い。何もかも間違いだ」

母はひんやりした手を彼の頬に添えた。「いいえ、あなたはするべきことをしただけ。でもリリと会ったあと、すぐに私に伝えるべきだった。そばにいてあげなくちゃ。今から行くわ」母は部屋を去った。

母が出ていったあとのうつろな静けさの中で、ルールは言った。「誰かを殴りたい気分だ」

父はうなずいた。「わかるよ」

「リリを傷つけてしまった。妻も僕に怒っている」

「リリは乗り越えるさ。アドリエンヌに任せておきなさい。リリをわが子のように愛しているし、慰め方も知っている。だが花嫁が怒っている理由は？」

父は眉をひそめた。「男の子のことを話したのか？」

ルールはきっぱりと言った。「いいえ、まだ言っていません。言うつもりもない。その……しばらくは。彼女はリリのことで怒っているんです。リリに同情して。期限までに結婚相手が見つからなかったときの〝切り札〟として僕がリリを利用したと」

「新妻はすばらしい女性だな。〝恋敵〟に同情できる花嫁はそういない」

「シドニーみたいな女性には初めて会いました」

「いいことじゃないか」

「どうでしょう。振り回されっ放しで、途方に暮れています」

「魅力的な女性は相手の世界を一変させてしまうものだよ」

「すべてが変わってしまった」ルールはソファに身を沈め、首を振った。「シドニーは誠実で嘘をつかないことを何よりも重んじています。だからリリに不誠実だった僕に幻滅していた。もっと早く僕が本当の気持ちやその気がないことをリリにきちんと伝えなかったから。リリに不誠実だっただけでも許してくれないのに、トレヴァーのことを話したらいったいどうなるか。それればかり考えてしまうんです」

父はルールの隣に座り、やさしく言った。「困ったことになったな」

「今まで、自分はいい人間だと思っていました。すべてにおいて正しいことをしていると……」

「私のアドバイスを聞きたいかね？」

「すぐに正直に伝えろと言うだけでしょう」

父は苦笑いを浮かべた。「それは違うな。私の意見は聞きたくないのか？」

「彼女には言えない。彼女には誠実さこそすべてなんです。本当なら、出会ったあの日のうちに言うべきだった。結婚しようとくどく前に……」

「なぜそうしなかった？」

「彼女に過去の恋愛話をされたんです。彼女は男性不信に陥っていた。僕が本当のことを言えば、親しくはなれなかったでしょう。六月二十四日までに関係を深める時間さえ持てなかったはずです。電話でも話したように。それしかなかった。チャンスを逃さないほうを選んだんです。少なくとも、あのときはそれが正しい選択だと思っていた」

「今後の予定は？」

ルールは眉根を寄せた。「今後の予定と、僕がまっとうな人間として正しくふるまえなかったことと、何か関係があるんですか？」

「きちんと考えるべきだよ」

「僕の予定を？」

「そうだ。先延ばしできない義務は全部できるだけ早く果たす。もう一度予定を立て直す。そしてテキサスに戻ってシドニーと仲直りし、トレヴァーとも一緒に過ごし、絆(きずな)を深める。それで花嫁の心の準備ができたら、一緒にモンテドーロに戻ればいい」

同じ日の朝、シドニーの家の前の芝生には二人の記者がうろついていた。彼女は裏のガレージから出て仕事に向かう際に、私道で車を止めて窓を下げ、六十秒ほど写真を撮らせた。記者は写真を撮りながら次々と質問を浴びせてきた。彼女は〝ええ、大公子と結婚しました。とても幸せです。ありがとう〟と答えた。もちろん、二人の今後の計画についてマスコミにもらすつもりはなかった。

記者の一人が、アラゴニアの王女にもう会ったかと意地悪な質問をした。彼女は〝いいえ、会うのを楽しみにしています〟と答えた。さらに、〝念のため言っておくと、ここは共同私有地なので、今度敷地内で見つけたら警備会社に通報しますよ〟と言い捨てて走り去った。

出勤後は三人の経営者(パートナー)と打ちあわせをした。三人とも結婚のことを知っており、シドニーが事務所を辞めると告げたときも、誰も驚かなかった。彼女の退職にはみんな不満だった。優秀で頼りになるパートナーだからだ。彼女が抜けた穴をこれから早急に埋めなければならない。できれば一カ月以内に引っ越したいと彼女が言うと、冷ややかな沈黙が押し寄せた。その後は彼女が退職までにすべきことや、今抱えている案件について話しあった。

そこで、退職前に顧客を紹介したいと話し、ルールが結婚前夜に教えてくれた社名を挙げた。モンテドーロ大公子は世界中の有名企業とつきあいがあり、その人脈を〈ティール・ゲイル・アンド・プロッサー〉と喜んで分かちあうつもりだとも伝えた。打ちあわせが終わる頃には全員が笑顔に戻っていた。もちろん、本当に約束を守れるかどうかはこれからだが、これなら自分の評判を損なわずに速やかに退職できそうだった。自席に戻ったシドニーは、すさまじい勢いで仕事をこなしていった。

ルールからは、言いたいことを言った昨夜(ゆうべ)の二度目の電話以来、音沙汰がない。きつく言いすぎたかしら？　ええ、確かにちょっと。だが、恋に悩む王女にほかの女性との駆け落ちという爆弾を落としたうえ、シドニー自身が頼んだからとはいえ彼女を一人残して帰国してしまったことが信じられなかった。せめて彼女のきつい言葉に彼が奮起して、祖母のエレンの言葉を借りるなら〝猛反省〟し、傷心の王女のために心の友を見つけてあげてほしいと願った。

夕方五時、シドニーは大会議室に呼ばれた。そこにはパートナーや同僚やアシスタント、秘書、人事スタッフなど大勢が集まっていた。シャンパンや結婚祝いのプレゼントの山、ケーキが用意されている。シドニーは目を疑った。絶対にないと思っていた結婚祝賀パーティを事務所で開いてもらえるなんて。彼女は集まってくれた人に礼を言い、短いスピーチの中で、事務所のスタッフ全員が彼女にとってかけがえのない存在であり、辞めるのは本当に残念だと述べた。それからケーキを二切れ食べてシャンパンを一杯飲み、出席者と談笑して回った。わざわざパーティを開いてくれたことが本当にうれしかった。

夜の九時に事務所を出たときにはくたくただった。先週の金曜日以来、五日間ずっと寝不足だ。カリスタ・ドワイヤーの結婚祝いを買うために百貨店に行ったことで、彼女の人生は一変してしまった。

帰宅すると、もらったプレゼントをラニが一緒に運んでくれた。「疲れてるわね」ラニは言った。「全部テーブルに置いて。私が明日片づけるから」

シドニーは最後のプレゼントを置くと、椅子に崩れ落ちた。「今日はどうだった？」

「いい日だったわ。トレヴァーが三時間昼寝してくれて、十ページも進んだの。そのあとは公園に行った。ずっとこんこん遊びをして楽しそうだったわ」

「よかった」

「そうね。〝ルー〟の話も二度出たわ。いつ戻ってきてトラックで遊んでくれるのかと訊かれたわ」

シドニーは息子が継父（ままちち）になついているのがうれしかった。願わくは、このいらいらと不安が消えてほしい。でも二人には短期間にいろいろなことがありすぎたし、彼は今ここにいない。全部夢なのではという思いにずっととらわれていた。

シドニーはラニに言った。「一週間で戻ると言っていたわ」

「そう、よかった。あなたたちも変わりない？」

シドニーは肩を落とした。「ちょっと厄介なことになっているの」

ラニはすべて心得ていた。「あなた、疲れてるから、今話すのはやめましょう」シドニーがぐったりした様子でうなずくと、ラニが尋ねた。「お腹（なか）は減ってる？」

「ううん。事務所でテイクアウトの食事を取ったし、パーティでケーキを二切れ食べた。二階で寝てるあの子にキスしたら、熱いお湯にゆっくり浸（つ）かるわ」

四十五分後、シドニーはベッドに入った。目覚まし時計を六時半にセットして電気を消し、枕に頭をのせたとたん、深い眠りに落ちた。

その夜、ルールから電話はなかった。翌朝も。どうやら本当に彼女に〝うんざりしている〟らしい。喧嘩（けんか）したからといって連絡もよこさないのは子どもじみている。とはいえ、こちらから電話しない理由もない。でもそれはためらわれた。たぶん私も彼と同じくらい子どもじみているのだろう。リリアナとはどうなっただろう？　言われたとおり、彼女の慰め役を見つけてあげたかしら？

いや、言われたとおりではない。命じられたとおりの間違いだ。そして、彼はあれこれ命じられるのがいやなのだ。強く言いすぎたかもしれない。たぶん、もう少しやさしくしておけば……。

でも、どうすればよかったかなんて誰にもわからない。彼の問題は私の手に負えなかった。金曜日に知りあったばかりで夫婦になって、しかも彼は今地球の反対側にいる。〝厄介なこと〟になるのも無理はなかった。私は彼をほとんど知らない。でも別々の場所にいて、どうやって彼を知ることができる？

確実なのは、彼がいなくて寂しいということだけ。彼がいないと心にぽっかりと穴があいたようだ。彼に穴を埋めてほしい。彼を抱きしめ、腕にきつく抱かれたくてたまらない。一緒にいたいし、触れてほしくてたまらない。彼の中に溶けてしまいたかった。彼の匂いを嗅ぎ、ゆったりした甘い笑い声を聞き、手と唇の感触を味わいたい……。

シドニーは彼に首ったけだった。彼が約束どおり一週間以内に帰ってこなければ、無謀なことをしかねない。彼の居場所を突きとめて、パンチを一発お見舞いするとか。

翌日、石油会社二社の役員から事務所の彼女宛てに電話があった。どちらもルールが紹介すると言っていた企業だ。その電話でいくらか気が楽になった。約束どおりに連絡してこなくても、彼女がテキサスを後腐れなく去れるように、考えて動いてくれているのだ。それはありがたいし、いい兆候だ。

その日のうちに、彼女はパートナーたちと石油会社の役員の顔合わせの機会をセッティングできた。

木曜日、目覚まし時計が鳴りだした朝六時半きっかりに電話が鳴った。飛び起きたシドニーは、まず目覚まし時計のアラームを止め、それから電話に出た。「もしもし、どうしたの？」

「起こしちゃったかな」

寝ぼけていても、うれしい。「もしもし」

「まだ怒ってる？」

シドニーはベッドに仰向けになり、寝起きで乱れた髪をかき上げた。「同じ質問をしてもいい？」

「確かに、毎日電話するとは言ったけど……」ああ、彼の声だ。こんなに心地よくて深みのあるセクシーな声がほかにある？

シドニーは訂正した。「私が呼び出し音にうんざりするくらい電話すると言ったのよ。毎日よりもっと多くということだわ」

「許してくれるかい？」

シドニーはかすれ声で小さく笑った。つい出た笑いだった。彼から電話をもらっただけで、世界がまた薔薇(ばら)色。「許す可能性はきわめて高いと言えるわ」

「それを聞いて安心した」彼はやさしく言った。心からそう思っているようだった。

「寂しかったわ、ルール。本当に寂しかった」

「僕だってそうさ」

「なぜかしら？　知りあってたった五日なのに」

「四日と十九時間と……三分だ。寂しく思うべきだよ。君は僕の妻だ。一緒にいないときは、僕を恋しがるのが君の務めだよ」

「なら、もう務めは果たしているわ」

「それは何より」

「ごめんなさい。この間は喧嘩してしまって」

「僕も悪かったよ」

「例の石油会社二社の人が昨日電話をくれて、パートナーと引きあわせる約束をしたわ」

「すばらしい」

王女の話をすれば和解ムードに水を差すのではないかとシドニーはためらった。でもどうなったか知りたい。「リリアナのことは丸く収まったの？」

「君は正しかったよ」彼は静かに言った。「彼女に寄り添ってあげる人を見つけるべきだった」

「え？　何があったの？」

「リリが僕らの結婚に傷ついていると母に話したら、すぐに慰めに行ってくれたんだ。リリは私室にいなかった。リリの付き人の話では、泣きながら部屋を出ていったらしい」

「大変。そのまま いなくなってしまったの？」

「いや、すぐに見つかった。少し服装が乱れていたが、自分から出てきて、元気だと言ったらしい」

「〝出てきて〟って、どこから？」

「使用人の一人が、マクシミリアンとアレクサンダーの居住棟の間の廊下で彼女を見つけたらしい。ちょっと散歩していただけだとリリは言ったそうだ」

「彼女はあなたの兄弟と仲がいいの？　二人のうちのどちらかと話していたとか？」

「それはたぶんないだろうね」

「どうして？」

「マックスは自分の子どもと住んでいるし、アレックスとリリは子どもの頃から疎遠だったから」

「だからって、動転した彼女を見たら親切にしないともかぎらないでしょう」

「シドニー、アレックスは中東から戻って以来、自室からほとんど出てこないんだ。だがもちろん君の言うことも正しい。可能性としてはありうるし、リリはあいつと話していたのかもしれない。誰からもそんな報告はないけど」

「でも……彼女は大丈夫なの？」

「ああ。母には自分の気持ちを洗いざらい話したらしい。最後には、自分はもう大丈夫だし、短気で有名な父親が怒る心配もないと言ったそうだ。結局、僕とは合わないこともわかったし、君と僕が末永く幸せに暮らすことを願っていると。彼女は心からそう思っているようだったと母は言っていた」

「わかったわ。いい知らせね」

「そうだね。リリは昨日の朝、アラゴニアに帰った。一夜明けても、レオ王は剣を振りかざしたりピストルを突きつけたりしてこないから、幸い、両国間に新たな憎しみは生まれずにすんだようだ」

「よかった。じつは、リリアナが何か不穏なまねをして、彼女のお父上が逆上するのではと気を揉んでいたの。あなたから連絡がないから余計に心配で」

「僕の気が回らなかった。すまない」

「ねえ、約束どおり火曜日か水曜日には戻ってくると言ってくれない？」

「ごめん、それはできない」彼がふざけて言った。

シドニーの心は再び沈んだ。また喧嘩にならないように、この残念な気持ちを言葉でどう伝えればいいか、考えを巡らせた。

そのとき、彼が言った。「明日戻るよ」

シドニーはうれしくて息が止まりそうになった。

「ああルール、もう一度言って」

「僕が恋しいんだね？」彼女の心臓が早鐘を打った。

「ええ、そうよ」シドニーは勢いこんで認めた。

「あなたと一緒にいたい。そばにいたいの。私たち、夫婦でしょう。これからずっと一緒に暮らすのに、いろいろな意味でお互いを知らなさすぎる」

「明日だ」彼は言った。「君の家に着くのは夜十時くらいになってしまうけど」

「明日。信じられない。遅いのは大丈夫よ。私も九時半に帰宅できればラッキーだから。待ってるわ」

「そっちでも仕事は山積みだ。有望な潜在顧客をできるだけ君のパートナーに紹介しなくては。貸しをつくって、君が早く退職できるようにね」

彼女の顔が輝いた。ルールには見えないけれど。

「本当にうれしい、あなたが戻ってくれるなんて。毎日一緒にいられるなんて幸せだわ。たとえ私が一日の大半は仕事でいなくても。でも、それもじきに終わりよ。事務所を辞めたら、息子や旦那様とほとんど会えないような仕事は二度としないつもり」

「それはうれしいな」

「よかった――あ、忘れていたわ。トレヴァーもあなたに会うのを楽しみにしているの。口を開けばあなたのことばかり訊いてくるわ」

「もうすぐ帰ると伝えてくれ」

10

金曜日の夜、シドニーがリビングの大窓のそばで待っていると、大きな黒いリムジンが私道に乗りつけた。車を見ただけで耳まで届きそうなほど心臓が高鳴り、脈が速まった。

シドニーは歓声をあげ、くるりと身を翻して玄関に向かった。玄関ドアを勢いよく開け、正面階段を駆け下りて歩道を行く。そして車から降りてきたルールの腕に飛びこんだ。ルールは街灯の真下でシドニーにキスをした。熱く激しく、貪るように始まったキスは、やがてスローな甘いキスに変わった。

彼が顔を上げた。「二度と戻れないと思ったよ」

シドニーは笑って彼の温かい体を抱きしめた。


「でも戻ってきたわ。もう二度と放さないから」彼女はルールの腕を取った。「入って……」

運転手がルールのスーツケースを降ろして二人についてきた。ボディガードのジョゼフも後に続いた。

家に入ると、運転手はスーツケースを主寝室に運んでから帽子を軽く下げて挨拶し、帰っていった。ジョゼフは家に残った。今日は例の黒いサングラスはかけていないが、ワイヤレス・イヤホンはしていて、黒いスポーツバッグを一つ持っている。

ルールは少し気まずそうだった。「ジョゼフは僕から離れないから」

シドニーはジョゼフに言った。「殿下とは別室で休んでもらってもいいかしら」

真面目なジョゼフの顔がほころんだ。「奥様、予備の部屋があればありがたいのですが。ないならソファでもかまいません」

「ゲストルームがあるわ」シドニーは廊下の突きあ

たりを指差した。「向こうがキッチンよ。この家にいる間は気楽にしてね。食品庫や冷蔵庫にあるものもお好きにどうぞ」

「ありがとうございます、奥様」

シドニーは夫に向き直った。「お腹減った？」

ルールの黒い瞳が、欲しいのは食べ物ではないと告げていた。シドニーの下腹部が熱くなり、膝ががくがくする。「機内で食べてきた」と彼が言った。

シドニーは二階に上がってジョゼフを部屋に案内し、向かいのトレヴァーの浴室を指差した。「悪いけど、息子と同じ浴室を使ってもらってもいい？」

「ありがとうございます。充分です」

シドニーは、ルールが待つ彼女の部屋に行く前に、ラニの部屋をノックして、ボディガードがゲストルームを使うことを教えた。

ベッドで読書をしていたラニは、電子書籍端末から目を上げ、眼鏡の縁越しに彼女を見た。「ありがとう。夜更かししすぎないようにね」

「わかったわ、お母様」

「ルールによろしく」

「言っておくわ」

シドニーが自室に行くと、ルールは張り出し窓から静かな通りを眺めていた。

「ラニがよろしくって」

彼はシドニーのほうを向いた。「ここが気に入った。居心地がいいし、どの部屋も広くて窓も多い」

シドニーはふと落ちつかなくなり、部屋の入り口でうろうろした。「この家で満足していたから、宮殿の生活にはとまどうでしょうね」

「別の住まいもある。郊外でも街でも、君の好きなところで暮らせばいい」

彼女はふいに、これからの人生が誰か別人のもののように思えた。「そうね」ため息まじりに答える。

彼が手を伸ばした。「恥ずかしがっているのか？」

シドニーの喉元がこわばり、やっと答えた。「少し」緊張した笑みがもれる。「おかしいでしょう?」

彼は首を振った。「おいで。緊張を解いてあげる」

シドニーはすぐにドアを閉めて鍵をかけ、差し出された手を取った。彼に触れたとたん、体が焼けるように熱くなり、安心感で満たされる。

ルールは空いたほうの手でブラインドを閉めた。

「スーツケースはクローゼットに入れたよ……」

シドニーはさらに彼に寄り添った。彼がシドニーの顔を両手で包みこむ。「あなたがいなくなって、ずいぶん長い時間が経ったみたい……」

「やっと戻ってきたよ」

「うれしい」

彼がシドニーにキスした。喉を締めつける緊張感は消えた。唇に彼の唇が重なる。彼の手が頬からうなじへと滑り下り、コットンシャツの襟元をなぞったあと、ボタンを一つずつ外していった。

シドニーはもどかしげにため息をつき、彼を抱き寄せた。シャツとブラジャーをはぎ取られ、帰宅後にはいたレギンスも押し下げられた。シドニーは黒のフラットシューズを脱ぎ捨て、足をくねらせてレギンスを脱いだ。ルールは彼女のあちこちにキスをしながら上着やシャツやズボンを脱いでいった。そして一糸まとわぬ姿になると、ショーツだけになったシドニーをベッドに導いた。

「待って」彼女はキスしたままつぶやいた。

ルールがキスをやめようとしないので、彼女は軽く彼の胸を押した。我慢できないと言うようにうめきながら、ルールが唇を離す。「僕を殺す気か……」

シドニーは彼の形のいい唇に指をあてた。「ほんの少しだけよ……」

「ほんの少しでも長すぎる」だがルールは待った。

シドニーは振り返ってベッドカバーを下ろし、ベッドを整えた。「どうぞ」

「シドニー……」ルールは彼女の腰を抱いて後ろから抱き寄せた。

「いるわ。ここにこうして……」シドニーは彼の首を抱き、振り向いてもう一度唇を合わせた。

舌が差し入れられ、両手が胸を包む。シドニーの全身が彼の力と熱を感じていた。背中に押しつけられる滑らかな硬い印で、求められているとわかる。すると、ルールが彼女を向き直らせ、シーツに寝かせた。まさにこの瞬間、シドニーはテキサス一幸せな女になった。感じるのは、ぴったりと寄り添った彼のたくましい体とキスと、胸や下腹やその下への巧みな愛撫だけ。ルールがショーツを脱がせ、シドニーの最も女性らしい部分を指で探りあてると、彼女はキスをしたままあえいだ。彼は愛撫しながらさらにキスを深め、彼女を高みへと押し上げた。シドニーは思わず彼の両肩にしがみついた。

彼女はもう我慢できなかった。もう一秒も待てない。二人の間にあった片方の手を抜いて彼自身をつかみ、自分の中へと導いた。彼が入ってくると、満たされる至福の感覚に包まれて、かすかなうめき声がもれた。完全に一つになる感覚。

ルールは彼女の喉にキスし、やさしく歯を立てて舌でなぞった。濡れた肌に吐息がかかり、シドニーはあえいでまた彼を引き寄せ、両足を彼の腰に絡めた。彼のすべてが欲しかった。こうして彼に抱かれ、全身が彼の魔法にかかると、疑問はすべて吹き飛んだ。彼とならどこにでも行くし、幸せになれるはず。

私たちとトレヴァーがいれば。そして運がよければ、子どもをもう何人か。三人か四人、九人か十人……。私、何人の子どもが欲しかったのだっけ？ 二人の間では何人が理想だという話になった？ そもそも人数なんてどうでもいい。何人いようと、全員を愛するはずだから。

そして、すべてを忘れてしまった。彼女を抱きしめ、満たしてくれるこの男性以外のことは何もかも。

たちまち、確かな歓びがこみ上げた。唐突に絶頂が訪れ、熱く完璧な花が大きく開いた。シドニーはまた大声で叫び、ルールが彼女の口を押さえた。

そのままシドニーはけたたましく笑った。彼も一緒になって笑う。歓喜の波がさらに大きくうねる。そして突然、二人は静かに意識を集中させ、目を見開いたまま一緒に落ちていった。落ちていきながらも二人はきつく抱きあい、解放感に包まれた。シドニーはルールの瞳をひたと見つめた。彼を見つめているだけで、この上なく幸せだった。

そして彼の名をささやいた。

ルールも低くうめき、彼女の名をささやいた。


しばらく眠っていたに違いない。シドニーが目を覚ますと、ルールは片肘をついて彼女を見下ろしていた。黒いベルベットのような瞳。誘うような唇。

シドニーは手を伸ばして彼の頭を引き寄せた。二人は軽く短いキスを交わした。「目が覚めたらあなたがいるってすてき。死ぬまでこうしていたいわ」

「ダーリン、そうなるよ。さあ、もう一度寝て」

「少ししたらね。あなたのご両親は私との結婚に怒ってない？」

「いや、喜んでいたよ。とても」

シドニーは信じられなかった。「二人とも私を全然知らないのに、あなたは私と会ってすぐに結婚してしまった。なのに、なぜ？ 理解してくれたというなら信じるわ。でも喜んでいるって？」

「二人とも僕のことをよくわかっている。一生を共にしたい人を見つけた僕が幸せなことも。二人ともほっとしているし、喜んでいる」

「なるほど」シドニーはルールの耳をなぞった。「とても形のいい耳だ。「そういうこと。つまり、あなたがしかるべき時期までに結婚できないことを心配していたわけね」

「確かに心配していた」彼はシドニーの手を取って指先にキスした。

「でも、あなたがアラゴニアの王女と結婚したら、もっと喜んだんじゃない？」

「いや、それは違う。二人とも、リリと僕は合わないと思っていたから」

「もっと早く言ってほしかった？」

「実際そう言ったよ」

「その馬鹿げた法律は変えなくちゃいけないわ」

「モンテドーロを五十年治めた僕の母の曾祖父が一度撤廃した。だが、母の父親が復活させたんだ」

「どうして？」

「母の祖父が晩年までずっと独身でね。子どもは八人いたが、嫡出子は一人だけだった。それが母の父親で、僕の祖父だ。祖父の子は娘が一人だけだったから、祖父は家系断絶の危機に直面して、あの法律を復活させたんだ」

シドニーは笑った。「お母様も法律に従ったのね。早く結婚し、跡取りを産む義務を忠実に果たした」

「うん。そうして僕らの代が生まれた」

「跡取りが多いから困らないわね」

「そのとおり。あの法律にも意味はあるんだ」

シドニーは眉根を寄せて考えこんだ。「逃げ道はあるはずよ。例えば継承権確保のために早めに結婚して、三十三歳の誕生日が過ぎたら離婚するとか」

ルールは彼女のうなじに顔をすり寄せた。「もう僕と別れる計画を練っているのかな？」

シドニーは笑って彼の唇に唇を押しつけた。「まさか。でも言っていることはわかるでしょう？」

「僕の国はカトリックだ。跡取りは教会で結婚式を挙げるし、離婚は選択肢にない。婚姻の無効宣言はできるが、それにはしかるべき理由が必要だし、簡単ではない。でも、これだけはわかってほしいんだが、僕らは小さい頃から大公婚姻法を尊重するように言い聞かされて育った。モンテドーロのためになる優れた法律だと思っている。曾祖父が法律を撤廃したあとに起きたことを考えればなおさら。だから僕らは、幼い頃からこの法律に従おうと思ってきた。両親はすばらしい人たちで、アメリカ風に言えば〝子どもにいつも寄り添う親〟なんだ。母は九人の子ども全員を、玉座と同じだけ大事に思っている」

「わかったわ」シドニーは言った。「これ以上議論しても勝ち目はなさそうね。でも、もう少しだけ訊(き)きたいことがあるの」

「どうぞ」

「あなたの継承権を守るには、教会で結婚しなければならないんじゃない？」

「いや、その必要があるのは第一位公位継承者だけだ。それ以外の子は、三十三歳までに正式に結婚すればいい。だが、可能性は今のところ限りなく低いが、もし僕が第一位になったら、教会公認の式を挙げなければならない。とはいえ僕らは二人とも過去に結婚経験がないから、難しくないと思う」

「教会で式を挙げたいと思う？」

彼はシドニーの鼻先にキスした。「そうだね」

「よかった」彼女はルールの胸に両手を這(は)わせて首に巻きつけた。「私もよ」

「なら、モンテドーロに着いたらすぐ準備しよう」

「いいわ。じゃあ、約束の印にキス」

「異議なしだ」

そして二人はキスをした。ゆっくりと長いキスを。一回のキスが別のキスを呼び、さらなるキスに続いて、結局いつもの刺激的な結果にたどりつく。

「もう寝たほうがいい」ルールがもう一度言った。

シドニーは答えた。「もう少ししたらね」

それからも一時間ほど、ルールがアメリカの複数の大手小売企業にモンテドーラン・オレンジを売りこんだ話や、弟のアレックスとリリ王女が昔から仲が悪い理由などを語りあった。アレックスはリリをお馬鹿さんで底が浅いと思っているし、リリはアレックスを暗くて陰気で、自尊心が強すぎると考えているらしい。ルールの兄のマックスの息子はニコラス、娘はコンスタンツェという名だということも知った。また、ルールの曾祖父の時代のモンテドーロ経済はもっぱら賭博産業に支えられていたが、祖父と母が別の産業の育成に力を注いだという。

「今では賭博産業が国の歳入に占める割合はわずか四%だ」ルールは言った。

シドニーは、ライアンとピーターのことはもう全部話したけれど、ルールのこれまでの女性関係については知らないと告げた。

「母を尊敬しているということはもう話したよね」

目をきらめかせてルールが言う。

「お母様のことはいいの。過去の恋愛のことを言っているのよ。わかってるくせに」

そこでルールは、十四歳のときにギリシアの裕福な女相続人に恋したことを話した。「少しすきっ歯で、舌足らずな話し方をする人だった。アメリカに渡ってミュージカル女優になりたいと言ってね」

「本当になれたの？」

「ところが、彼女は音痴だった。一回だけ歌を聴いたけど、それでたくさんだったよ」

「千年の恋も冷めたわけ？」

「僕も若かったし移り気だった。特に恋愛に関しては」彼は十八歳のときにパリのカフェで出会った女性のことや、ロンドンで巡りあったアイルランド人女性の話もした。「黒髪と青い目の短気な子だった。最初はその短気さが魅力的だったが、そのうち疲れてしまって」

「幸い、あなたとつきあいたがった女優やモデルもたくさんいたでしょうからね」

「僕が女たらしみたいな言い方だな」

「違うの？」

「違うね。確かにいろいろな女性とつきあったけど、体目当ての誘惑には興味がなかった。真剣に探していたんだ。運命の人を」彼はうつむいて彼女の鼻に鼻をくっつけた。「それが君さ」

シドニーの心はとろけた。「ああ、ルール……」

ルールは彼女のおでこや頬、唇にキスした。甘くかすめるようなキス。「そろそろ寝ようか？」彼はベッドカバーを彼女にかけた。「目を閉じて……」

シドニーは言われたとおりにした。


翌日は土曜日だった。ルールにはトレヴァーとラニと一緒に朝食を取ってもらうことにして、シドニーは午前中をオフィスで過ごした。この時間は静かなので、山ほどある仕事を片づけられる。

昼食時に帰宅して、あとはずっとルールと息子、そして親友と一緒にいた。夜はルールと食事に出かけ、家に帰るとゆっくりとすてきなひとときをベッドで過ごした。そしてお互いの腕の中で眠った。まどろみながら最後にシドニーが思ったのは、私はすべてを手に入れたということだった。かつて夢見たとおりの人生を今歩んでいる。

日曜日も彼女は家にいた。午前中はルールと二人でトレヴァーを公園に連れていった。ぶらんこに乗るトレヴァーをルールが押す姿は、父子（おやこ）そのものだった。トレヴァーはルールが大好きだ。何をするにも〝ルー〟だ。でもそれは一方的ではない。ルールもトレヴァーをかわいがってくれている。好奇心いっぱいの二歳児のおしゃべりを大喜びで聞いている。

孫と公園に来ていた老婦人が、同じベンチに腰かけているシドニーに身を寄せて言った。「あなたの坊や、パパにそっくりね」

シドニーは彼女にほほえんだ。「そうですか？」

その後のランチのとき、トレヴァーはまたいつものこんこん遊びを始めた。ルールと二人で延々と続けているので、とうとうシドニーは手で耳をふさぎ、お願いだからやめてと頼みこんだ。

トレヴァーが笑った。「こんこんはもうやめてって、ママいう」

ルールが調子をつけて言った。「鼻を触ってってママが言う」彼が鼻を触ると、トレヴァーは大喜びで自分の鼻を触った。さらにルールが「お腹を撫でてってママが言う」と続け、二人はお腹を撫でた。

公園にいた老婦人の言うとおりだ。ラニもそれには気づいていた。二人は本当によく似ている。癖だって同じだ。何か考えているとき、首を少し左にかしげる。そう、笑い方まで――ゆっくりと顔に浮かぶまぶしいほどの笑顔。

それも不思議ではないとシドニーは思った。彼女が選んだ精子ドナーの特徴にはルールとの共通点が多い。髪、目の色、身長、体格。類似点は身体面だけではない。ドナーは優れたビジネスマンで、趣味は旅行やスポーツだ。それに、精子バンクのスタッフによるドナーの印象はどう？　彼がどんなに魅力的でハンサムで明るくてダイナミックか、これでもかと綴られていた。はきはきと雄弁に語り、生まれながらのリーダーにして、聞き上手でもある。彼はまた、家族を大事にし、結婚相手とは生涯添い遂げるべきだと信じている。シドニーがこのドナーを選んだのは、こんな人は見つからないとあきらめた、まさに理想の男性だったからだ。女なら、わが子には望ましい特質をと考えるのが普通だろう。

トレヴァーとルールを眺め、息子のDNAの半分を提供した男性と夫を比べるうちに、シドニーの背筋を戦慄が走った。人生は不思議だ。精子ドナーとして選んだ理想の男性と同じ特長を持った人が、まさかいきなり現実に現れて彼女を抱き上げ、たちまちおとぎばなしみたいなハッピーエンドを迎えるなんて。しかも彼は、息子にとっても瞬く間に理想の父親になりつつある。

よく晴れた日曜日で、気温は三十度近くにまで上がり、四月半ばにしてはやや暑い。プールで水遊びをするにはもってこいだったから、トレヴァーが昼寝から起きるとすぐそれを実行に移した。そのあとラニが夕食をつくってくれた。ギリシャ風シュリンプ・スカンピはとてもおいしかった。

月曜日はまた仕事に行き、十一時過ぎにルールがオフィスに来た。シドニーは彼をオフィス中に紹介して回り、経営者（パートナー）たちは大喜びで〈マンション〉でのランチの招待を受けた。このビジネスランチはとても実り多いものとなった。食事を終えるまでに、ルールは三件のディナー会議の約束を決め、そこでもっと有望なクライアントをパートナーたちに紹介してくれるという。昼食後に彼は帰宅し、シドニーは仕事に戻った。

二人の毎日には決まったリズムができた。長い平日の間シドニーはオフィスに詰めたが、夜は新婚の夫と、そして週末はできるだけトレヴァーと過ごした。ルールと息子は長時間一緒にいるせいか、みるみる深まる二人の絆（きずな）には目をみはるものがあった。ルールは日中何時間もトレヴァーと遊び、夜はたいていベッドで本を読んでやった。

シドニーはさらに仕事に励んだ。ときどきルールが来て、彼女をランチに誘った。そして、いざ彼女が辞めるとなったときにわだかまりを残さないために、パートナーたちに新規のビジネスチャンスを与えるべく、あれこれお膳立てをした。

タブロイド紙はいまだに彼らの記事を載せていた。シドニーは読んでいなかったが、同僚たちが目を通していることは明らかだった。休憩室のテーブルの上に放り出された新聞を一度ならず目にしたからだ。

記者たちはどうやってか彼女の高校や大学の卒業写真を手に入れ、また、水着姿でブロンド美人とヨットに乗るルール、赤毛美女と手を組んでタキシード姿で夜会に出席する彼の写真を掲載した。モンテドーロに行ったら記者会見を開くとルールは言った。部屋に集まった記者たちの質問に答え、写真を撮られなければならない。それまでに何か大きな話題が出現して関心がそれれば別だが、会見でも開かないとメディアも満足しないだろう。

シドニーが事務所の仕事を締めくくるのにかかった数週間の間に、ルールは二度出張に出かけた。ニューヨークの仕事ではマンハッタンに四日間滞在した。それにモンテドーロに一時帰国して、とある高級車メーカーと会った。〈モンテドーロ〉という名の流線形の新型スポーツカーを発売する予定なのだ。

彼がいない間、シドニーは寂しかった。真夜中に彼女を温めてくれる人がいないと、ベッドが広すぎた。トレヴァーも彼を恋しがっていた。「さみしい、ママ。ルーはどこ？」ルールはすぐに戻ってくるわと、シドニーは何度も息子に言い聞かせた。

四月の最終金曜日、シドニーはいつものように遅く帰宅した。ルールはすでにモンテドーロから帰っていた。彼とラニは夕食を食べずに彼女を待っていた。その日は、いつもそばにいながら一言も口をきかないジョゼフさえ夕食の席に招かれていた。ラニはラム肉のクラウンローストに挑戦していた。ルールはとっておきのシラーのボトルを開けた。そこでラニは、二人の申し出を受けて一緒にモンテドーロに行くことに決めたと宣言した。

シドニーは飛び上がってテーブルの向こう側に走り、友人を思いきり抱きしめた。「やった！　無理強いはしたくなかったけど、来てくれたらと本気で祈っていたの」

ラニは笑った。「嘘（うそ）でしょう？　地中海の大公のお城に住めるなんてチャンス、逃すわけないわ」

ジョゼフまでほほえんでいた。「よかった」そう言い、ほぼ口をつけていないワイングラスを掲げた。

ラニが言った。「小説家には経験がすべてよ。だいいち、あなたがいないと、途方に暮れちゃうわ」

「そのとおり」シドニーはまた彼女を抱きしめた。「それに私たちだって、あなたがいなかったら途方に暮れちゃう」


深夜、ふいにシドニーは深い眠りから目覚めた。午前三時を過ぎている。なぜこんな夜中に目が覚めたのかわからなかった。

そのとき、トレヴァーの泣き声が聞こえた。「ママ……ママ……」

彼女の横でルールも目覚め、体を起こした。「僕が行くよ……」

シドニーは髭がちくちくするルールの頬にキスし、彼を枕に押し返した。「ううん、私が行く」彼女はローブを羽織り、様子を見に行った。

トレヴァーは熱っぽくて機嫌が悪く、黒髪が汗で濡れていた。頬を手で押さえて泣いている。「いたいよ、ママ。いたい……」

寝癖で髪が乱れ、頬に枕の跡の残ったラニがローブのベルトを締めながら現れた。「どうしたの?」

「大丈夫。生え始めの歯が痛むんだと思う。ベッドに戻って。私があやすから」

「手に負えなかったら呼んでね」

「わかった」

シドニーはトレヴァーの熱を測った。少し高い。小児用鎮痛剤を与え、冷凍庫に入れておいた歯固めを階下に取りに行った。子ども部屋に戻ると、むずかりながら歯固めを噛むトレヴァーを抱っこして、ロッキングチェアに座る。二階のホールに面した戸口に、青いパジャマのズボンだけをはき、上は裸のままのルールが姿を現した。

「ご機嫌斜めなの」彼女は言った。「歯が生え始めているせいだと思う。鎮痛剤をのませたから、まもなく効果が現れるわ」

トレヴァーはシドニーを押しのけた。「ルー！いたいよ……」彼はふっくらした腕を伸ばした。

ルールは近づいてきて、一瞬の躊躇もなく無言でトレヴァーをシドニーの膝から抱き上げた。トレヴァーが継父の首に抱きつき、口から歯固めを突き出して、ルールの胸に頭を預ける。ルールは寝室の中を行ったり来たりし始めた。

ロッキングチェアに座るシドニーは、黒髪をくっつけあうようにしている男性と子どもを見上げ、今自分の心の中で渦巻いている感情を分析した。

嫉妬？　たぶん少しは。ルールは今や完全にトレヴァーをわが子だと思っているし、トレヴァーも彼を父親だと思っている。この数週間、来る日も来る日もルールと一緒にいるトレヴァーは、すっかり彼に頼り、彼がそばにいるものと信じ、注目されていないと気がすまない。ルールもトレヴァーと過ごすことを少しも厭わず、喜んでそうしているから、二人の間に強い絆が生まれたのはしごく当然だった。

その絆を喜ぶべきじゃない？　これまでのところ、ルールは理想的な父親だということを自ら証明した。なのに何が不満なの？　トレヴァーに関しては、譲るところは譲ってほしいと思っているから？　いいかなと尋ねもせずにルールが腕から息子を抱き上げたとき、自分が脅かされているような、トレヴァーの親としての地位が危ういような気分になったから？　ラニとトレヴァーも親密な関係だけれど、ラニはつねに母親はシドニーだということを忘れず、シドニーを立ててくれる。

でもルールは……。もはやシドニーに譲歩したりしない。いや、今までだってしていたかどうか。彼は、シドニーがママだということと同等に、自分がパパだと考えている節がある。でもそれはいけないこと？　むしろそうなることを望んでいたのでは？　ああ。たぶん罪悪感だ。〝たぶん〟ではなく、〝きっと〟だ。トレヴァーと一緒にいてあげられないことに対する、私の罪の意識。殺人的な勤務時間で働くシドニーは、早朝、出かける前にキスするときぐらいしか、目覚めている息子に会えない日々が何日も続いた。慰めてほしいときにシドニーよりルールを選ぶのも不思議ではない。彼女ではなく、ルールがいつもそこにいるのだから。

でもそれも変わる。すぐに。その変化だって、やはりルールのおかげなのだ。彼が理想の夫として、父親として、シドニーとトレヴァーに与えてくれる環境のおかげ。彼は家族を心から大事にしているだけでなく、やるべきことをやる人間だ。

今の法律事務所の仕事が終われば、私がもっとトレヴァーのそばにいてあげられる――少なくとも最初のうちは。そして、たとえモンテドーロで面白そうな仕事が見つかっても、気分転換に適度に働くだけ。そう、私はまさにすべてを手に入れる。ママになる時間と妻になる時間といい仕事をする時間と。

きっとすべてがうまくいく。それには罪悪感も嫉妬も克服しなければ。トレヴァーにパパができた。ただそれだけのこと。子どもがママよりパパを必要とすることもある。それはいけないことでもなんでもない。シドニーはロッキングチェアの背に頭をもたせかけ、目を閉じた。

やがて、ルールが耳元でささやいた。「ベッドにお戻り、お寝坊さん」

彼女は重いまぶたを無理に持ち上げて尋ねた。

「トレヴァーは？」

彼は唇に人差し指を押しつけ、部屋の奥の子ども用ベッドのほうに頭を傾けた。トレヴァーがお気に入りの恐竜のぬいぐるみを抱き、毛布にくるまっている。シドニーが手を差し出すと、ルールが彼女を椅子から引っぱり上げた。抱き寄せられ、彼にもたれかかりながら一緒に寝室に戻る。

ベッドの中で、ルールは彼女を抱き寄せた。「働きすぎだよ」そう言って髪を撫でる。

「ずっとじゃないわ。計算したところ、あと一週間かそこらよ。それでもう、ここととはさよなら」

「故郷に君たちを連れていくのが待ちきれない――君とトレヴァーの二人を」

彼女はルールの黒い眉を、視線と指でなぞった。二人は明かりを消した。「秘密を教えてあげる」

「秘密は大好きだ」彼は身をかがめ、シドニーのこめかみにキスをした。「特に君の秘密が」

「笑わないで」

「笑わない。約束する」ルールは彼女の髪を撫でた。

「あなたとトレヴァー、すごく似てる」

ルールは彼女の唇に軽くキスをした。熱い息が頬を横切る。「うん、少しね。それが君の秘密？」

「ううん。でもだんだん気になってきて。外見が最初だった。びっくりするほど似てるから。黒い髪と目はもとより、考え事をするとき二人とも頭を同じ角度に傾けるの。それにあなたの笑顔……どうしてもあの子を思い出す。実際、初めてあなたと会ったとき、見覚えがあると言い続けていたの、覚えてる？　どこかで会わなかったかとさえ尋ねたわ」

「ああ、覚えてるよ」

「最近、そのことばかり考えてしまうの。どうも不思議で。でもそう驚くことでもないと気づいたの」

「どうして？」

「単純なことよ。私が選んだ精子ドナーはあなたにそっくりだった。そう、これが私の秘密」彼女はルールのがっしりとした顎の線を指でたどった。「まさにあなたみたいな人だから選んだの。もちろん、そのときはあなたのことを知りもしなかったけど。身長や体格も同じ、目と髪の色も黒。いつか出会いたいと思う理想の男性だった。当時は、そんな人には決して会えないと思いこんでいたけど」

ルールはすでに彼女から身を引き、横で仰向けになっていた。

どうしたんだろうとシドニーは思った。「ルール？ 大丈夫？ 私、何か気に障ること言った？」

「いや、何も」なんだか……気のない返事だ。それに少しいつもと違う。「完璧に大丈夫だ」

「大丈夫に見えないわ」

彼の手がベッドカバーの下でシドニーの手を見つけ、指を絡ませた。「大丈夫だよ」

「それならいいけど」彼女は闇の中でほほえんだ。

「本当に精子ドナーになったことはない？」

「冗談だろう？」

「ええ、まあ。そうね、冗談だと思う。でもときどき気味が悪くなるくらいよ。あなたとトレヴァーが似すぎていて」

ルールは何も言わなかった。

シドニーは続けた。「じつは、できれば会いたいとずっと思っていたの。でも匿名のドナーだったから。気が変わったら連絡してもらってかまわないと許可を残したけど、結局なしのつぶてだった。今のところはね。それで思い出したの。〈セキュア・チョイス〉に登録した連絡先を変更しなきゃって。私が利用したのは〈セキュア・チョイス精子バンク〉というところなの」シドニーは彼の反応を待った。トレヴァーをわが子としてあんなにかわいがっている彼としては面白くないのでは？ そして、会ったこともない男性のことを私がうっとりと話したら、少しは心配じゃない？ やきもちを焼いてくれないかしら。連絡先を変更する必要はないと私を説得しようとするとか。そうすれば、ドナーが連絡する気になってもそう簡単には私を見つけられない。

だがルールはまた彼女に手を伸ばしただけだった。シドニーのうなじの下に腕を差し入れ、自分の硬く温かな胸に彼女を抱き寄せた。「眠りなさい」

彼女は目を閉じ、ルールの規則正しい安定した鼓動を子守り歌にした。

もちろん、彼が精子ドナーのはずがない。ドナーがどんなに大変か、シドニーはよく知っていた。人工授精を試みると決めたとき、全過程について調べたのだ。カップの中に楽しくマスターベーションするだけではない。まず、ドナーになる前にあらゆる検査を受ける。ここで大部分の人が篩にかけられる。ドナーと認められたら、少なくとも週に一度は精子の提供に来なければならず、提供前二日間はセックス禁止だ。逆に、射精せずに五日以上過ごしてもいけない。精子の生成には、射精の回数が多すぎても少なすぎてもマイナスなのだ。普通ドナーは、六カ月から一年にわたって精子提供する契約を結ぶ。つまり六カ月から一年にわたって、厳格なスケジュールのもと、カップを相手にセックスし続けるのだ。支払われる金額もそう多くはない。有効な提供一回あたり平均百ドル以下だ。

ルールがシドニーのドナーだったとしたら、彼女が使った不妊治療クリニックか、その種の関係団体で今挙げたような内容の契約に署名しなければならなかったはずだ。そんなことがありえる？　彼は自国のビジネスのために世界中を飛び回る忙しい人だ。ドナーになってもなんの得にもならないばかりか、時間の浪費だし、スケジュール調整に苦労するし、それに……彼らしくない。ルールは家族や父親たることに強い思い入れがある。自分の子どもがおのれのあずかり知らないところで育つことに平気でいられるような人ではない。

それでも、彼とトレヴァーが瓜二つだと告げたとき、そして、彼は理想の男性そのものだと告白したとき、ルールがそっと身を引いたことが腑に落ちなかった。ドナーに対して連絡可と登録したことを話す前に、彼はシドニーに背を向けた。つまり、彼が体を引いたのは、ドナーがいつの日か現れるかもしれないと知ったせいとは言えないのだ。

ドナーになったことはないかと尋ねたとき、〝冗談だろう〟と答えたのも気になった。ないよ、ときっぱり否定することだってできたはずなのに。

別に彼がトレヴァーの実の父親かもしれないと疑っているわけではない。ただ、なぜあんなに閉じこもろうとするのか、なぜ私から身を引いたのか、それがわからない。私が男性に求めるものすべてを、彼は持っていると言いたかっただけなのに。

11

しかし翌朝、明るい朝日の中、慌ただしくオフィスに向かう準備をしながら、シドニーはルールへのぼんやりした疑念について考えていた。ばかばかしい、やっぱりありえない。

じゃあ、精子ドナーのことでからかったとき、はぐらかしたように見えたことは？　今になって考えてみると、何もおかしなことはないと思えた。彼はトレヴァーをとても大事にしてくれている。あの子の実の父親である見ず知らずの他人のことなどあまり考えたくなかったのだ。それは当然だろう。

もう忘れようと決めた。仕事が山積みなのに時間がない。頭の中で勝手につくり上げた妄想でエネルギーを無駄にする余裕などないのだ。

もし何か考えたいなら、現実の問題にしたらどう？　もっと重要で、もっとすてきな可能性を秘めた問題について。

今朝の時点で、生理が一週間遅れている。どうやら、新婚の夫と私が望む大家族の誕生がもう現実のものになりつつあるらしい。

でもまだ早合点はできない。近頃、私はストレスフルな毎日を過ごしている。初対面のルールとわずか四十八時間で結婚し、許嫁（いいなずけ）だった女性に謝罪するため彼を母国に送り出した。そのうえ、まもなく退社する法律事務所での仕事にめどをつけるために馬車馬のように働き、その後地球の反対側に移住しようとしている。そうよ、今私は特大級のプレッシャーにさらされている。そして女性の月経周期はストレスの影響をもろに受けるのだ。

ルールに話すのはもう数週間待つことにした。下手に彼に期待させてもいけない。そしてそれは自分も同じだ。この問題はしばらく棚上げにして、喜ぶのはもう少し様子を見てからにしよう。

今朝はトレヴァーもだいぶ回復した。歯の痛みは峠を越したらしい。平熱になったし、シドニーが仕事に出かけるときには、朝食のシリアルを食べながらあれこれおしゃべりもしていた。

彼は母親に思いきりキスをした。「はやくかえってきてね、ママ！」

「もちろんよ」

そしてその晩、彼女はなんとかいつもより早めにオフィスを出て、トレヴァーを寝かしつける前に一緒にお風呂に入ることもできた。トレヴァーがベッドに入ると、ルールが彼女を食事に誘った。

二人は〈マンション〉に出かけた。シドニーとルールはそこの食事にもサービスにも満足していた。スタッフは彼を知っているので、プライバシーを大事にしてくれるのだ。

　ルールは乾杯した。「僕らに、家族に、僕ら二人で歩む長い人生に」

　シドニーは幸せに顔を輝かせ、ワイングラスを彼のグラスに軽くぶつけた。私はテキサス一幸運な女だわと思いながら。しかし何度か口をつけただけで、グラスには二度と触れなかった。気をつけたほうがいい。本当に妊娠しているかもしれないのだから。

　そう決まったわけではないけれど。だめだめ、考えちゃ。今はまだ。


　五月最初の金曜日、シドニーは〈ティール・ゲイル・アンド・プロッサー〉に別れを告げた。

　デスクをきれいにし、担当クライアントは事務所のほかの弁護士たちにきちんと引き継ぎした。経営者(パートナー)たちとも友好な関係を保ちつつ退職できた。シドニーが熱心に〝立つ鳥、跡を濁さず〟を実践し、新婚の夫がコネをフル活用してくれたおかげだ。

　翌週は引っ越しの荷造りに追われた。世界一有能な人間の一人であるラニは、一足先に準備を整えていた。でも仕事はまだまだ残っていた。シドニーはいつものように熱心に仕事の残りを片づけた。家には必要な家具を残し、優秀な不動産業者に任せた。パスポートも万全だった。もちろんトレヴァーの分も。じつはアイルランドで休暇を楽しもうと思って、何カ月も前に用意しておいたのだ。

　五月の第二金曜日に、彼らはモンテドーロ行きの自家用機に乗った。ラニの弟カルロス、両親のイリスとホルヘが空港に見送りに来た。リポーターも大勢押しかけた。山ほど写真を撮り、余計なお世話とも言える質問をこれでもかと押しつけてきた。〝今はノーコメント〟とルールは言い、ジョゼフがメディアを抑えているうちに、飛行機に乗りこんだ。

　フライトは長く、ダラスと目的地との時差も七時間ある。午後二時にラブフィールド空港を発ち、翌朝八時にニースの空港に着いた。リムジンが彼らをモンテドーロ大公女の宮殿に運ぶべく待ちかまえていた。もちろんパパラッチも。またも彼らはリムジンに駆けこみ、質問やカメラから逃げた。

初めて宮殿を目にしたとき、シドニーは息をのんだ。青空に白い鳩が羽を広げたかのような建物には、塔、半円形の窓、バルコニー、アーチが並んでいる。それは岩がちな岬の上にそびえ、サファイア色の海を見下ろしていた。

運転手は私用の玄関口にリムジンを回し、九時過ぎにはルールの居住棟に入った。

アーチ型の天井、大理石の床、みごとなモザイクで装飾された壮麗な廊下を抜けたあとに足を踏み入れたルールの私室はもっと控えめな感じだったので、シドニーはほっとした。家具は贅沢なしつらえながら、シンプルで居心地がよさそうに見えた。壁は化粧漆喰か何かで、高い天井には彫刻が施されている。ダークウッドの床を覆う美しい古風なラグには、深紅と鮮やかな青を基調とした複雑な模様が織りこまれている。広々とした居間と主寝室のバルコニーの見晴らしは目をみはるようなすばらしさで、メインの中庭と、眼下の斜面に広がる椰子やミモザ、オリーブ、樫などの木々が見渡せる。遠くに見える地中海にはヨットや大型クルーザーが点在し、午後の日差しを浴びて輝いていた。

宮殿スタッフがただちに荷ほどきをして、片づけた。すぐに仕事は終わり、静かにしゃべる有能なメイドたちは姿を消した。ラニは居住棟の反対側の奥にある自室に引っこみ、小説の続きを書いているか、モンテドーロの第一印象を日記に綴っているのだろう。トレヴァーは居間の豪華なラグに座り、プラスチックブロックで遊んでいる。ルールは私設秘書のキャロリーヌとどこかで打ちあわせ中だ。

シドニーはしばらくの間、居間の窓を大きく開け放って、彫刻が美しいバルコニーの石の手すりに身をもたせ、ありえないほど青い海に浮かぶ船を眺めていた。やさしい風が吹き、ごく薄い絹のように肌を撫でる。彼女は頬をつねりたくなった。まるで夢みたい。ついにこモンテドーロに私たちは来た。

しかもうれしいことに、すでに生理が三週間近く遅れている。つわりはないが、トレヴァーのときもそうだった。変化があるのは胸だ。大きくなるわけではないが、明らかに張りが出て、いつもより感じやすい。それもトレヴァーのときと同じだった。

赤ちゃんがもう一人できる。彼女は平らなお腹に手をあてた。太古から母親なら誰もがする仕草だ。トレヴァーを妊娠したとき、一人でも子どもが持てたことに感謝しなければと自分に言い聞かせた。今までずっと感謝してきたのだ。心から。

でも今、二人目ができたことはほぼ間違いない。信じられない。夢が現実になるとはこのことだ。

一週間前に検査薬をすでに購入済みだった。今日シドニーは、石造りの手すりにもたれて海を眺めながら、そろそろ検査をしてもいい頃だと思った。

家族が増えそうだとルールに告げる頃合いだ。

「ママ、おいでよ！　あそぼう……」

シドニーは息子のほうを振り返った。タワーのように積み重ねられた鮮やかな色のブロックがぐらぐら揺れている。トレヴァーはブロックをさらに一つずつ、そのふっくらした手に持って振った。「いいわよ、かわいい僕。遊ぼうね」彼女は息子のそばに行き、ラグに腰を下ろした。

「はい、ママ」よだれだらけのブロックを一つシドニーに渡す。最近奥歯が生え始めてから、その小さな手に渡ったものはなんでも、よだれだらけになる。

「ありがとう」シドニーはジーンズでよだれを拭い、タワーの土台にブロックを挿した。私が協力する間は、タワーの安定をめざすようにしよう。

少しして、ルールが姿を現した。トレヴァーが大喜びで彼の名前を呼んだ。「ルー!」ルールはすぐさまやってきて、たくましい腕で息子を抱き上げた。

「ルー、ブロックあそびしてたの!」

「そうみたいだね。すてきなタワーができてる」

「ママがてつだってくれたよ」

「ああ、本当だ」ルールは彼女にほほえんだ。シドニーの心臓が二回宙返りした。「両親が君に会いたくて、うずうずしている」

「私も早くお会いしたいわ」シドニーは、赤いラグの上で脚を組んで座ったまま彼を見上げた。私ほど幸せな女が今この世界にいるかしら? でも同時に、彼の両親、つまり両殿下に初めて会うのに少し緊張してもいる。「でも、宮殿のしきたりについて、先に教えておいてもらわないと……」

ルールは首を横に振り、トレヴァーが口に入れようとしていた指にキスをした。「二人の私室に六時に招かれているんだ。とにかくそこに行き、二人と顔合わせをする。それから早めに食事をする。儀式もしきたりも抜きで。家族だけで一緒に」

「すてき」シドニーは言った。

「そう言ってくれると思ったよ」ルールはトレヴァーに尋ねた。「君はどう? おじいちゃんとおばあちゃんに会う準備はできたかな?」

トレヴァーはにっこりした。「うん!」

元首の居住棟はルールのものより広いが、玄関ホールは人をもてなす温もりが感じられた。大理石の床には象牙と翡翠がはめこまれ、シャンデリアは錬鉄とガラスの細工がすばらしい。ホールのテーブルには貝殻を盛ったボウルと、節くれだった樫の木が伸ばす枝の下で撮られた家族写真が飾られていた。黒髪の美しい両親の足元に並ぶ九人の子どもたちの中から、シドニーが幼いルールをかろうじて見つけたとき、玄関のドアを開けてくれた生真面目な表情の細面の女性が彼らを廊下へと案内した。そこには大公家の親類の肖像画が並んでいた。リボンや勲章でいっぱいの軍服を着た男たち、豪華なドレスと輝くティアラを身につけたきらびやかな女たち。

ルールはシドニーの手を取り、トレヴァーを胸に抱いて歩いた。廊下の奥にたどりついたとき、彼がシドニーの手をぎゅっと握った。彼女はほほえみ、手を握り返した。体の奥が不安でむずむずする。

廊下の先には居間があった。背の高い女性は会釈をして立ち去った。ホールの写真の中にいた黒髪の男性と女性が、金の縁取りがされたビロードの揃(そろ)いの椅子から立ち上がり、三人を迎えた。

「やっと会えたわね」ふっくらとして上背のある、とても美しい女性が言った。シドニーには年齢の予測がつかなかった。四十歳から六十歳の間なら何歳でもうなずける。瞳はエジプトの女神を思わせ、唇に輝くような笑みを浮かべている。「こちらにいらっしゃい」彼女はすらりとした両腕を伸ばした。

下手をしたら、シドニーはそのままそこに立ちつくし、口をぽかんと開けていつまでもルールの母親を眺めていたかもしれない。幸い、ルールが彼女の手をまだ握っていた。彼が前に進み出ると、シドニーもつられて踏み出した。

そしてたちまち二人は彼らのもとにたどりついた。

「母上、父上、妻のシドニーです」

するとルールの母親が細い腕にシドニーを抱き寄せた。「シドニー」やさしさと親しみをこめて言う。「ここに来てくれて、とてもうれしいわ」

「こ、こんにちは」落ちついて、シドニー。まったく、せめてこのすてきな人をどう呼べばいいか教えてと、ルールにもっとせがめばよかった。大公殿下？　大公陛下？　大公様？

そのときルールの母がシドニーの肩を抱いた。そして、ここだけの秘密ね、というようににやりとした。「私のことはもちろんアドリエンヌと呼んでね。ただし、国家行事のときは別。そのときは必ず事前に全部説明するから安心して」

「アドリエンヌ」シドニーはほっと息をついた。

「ルールからいろいろ聞いています。彼の話から、あなたをとても愛していることが伝わってきますわ」

アドリエンヌのエジプト風の目がほほえんだ。

「あの子が、これはという女性を探しあてることができて、とてもうれしいわ。それも期限内に」

そしてルールが言った。「それから、トレヴァー」

アドリエンヌは輝かしい笑みをトレヴァーに向けた。「ああ、トレヴァー……」言葉が途切れた。目をぱちくりさせて、エヴァン公にもの問いたげな視線をちらりと向ける。それは一瞬のことで、アドリエンヌはすぐに笑顔に戻って続けた。「会えてうれしいわ」トレヴァーは急に照れた様子で、ルールの首に顔を埋めた。アドリエンヌが笑う。少しかすれた高らかなその笑い声には誰もが魅了されるはずだ。

「ご機嫌いかが、トレヴァー？」

「いいよ」トレヴァーはまだルールの首にぎゅっと顔を埋めたまま言った。

ルールが彼の背中を撫でる。「〝こんにちは、おばあちゃん。はじめまして〟って言ってごらん」

照れている子どもには長すぎる言葉だったが、トレヴァーはなんとか口にした。「ちは、ちゃん。はじめまして」でも、まだ顔は上げない。

「こちらこそ、はじめまして」アドリエンヌがまた低く歌うように笑った。

そのとき、ルールの父親がシドニーの手を取った。「テキサス娘に外れはない」息子と同じように低く豊かで滑らかな声だ。

シドニーは礼を言った。アドリエンヌと同様に端整な顔立ちね。ルールが並外れてハンサムなのも当然だ。こんな両親なら、そうでないほうがおかしい。

全員が席についた。生真面目な顔の女性がまた現れ、カクテルを配った。彼らは飲み物を口にし、エヴァンがシドニーに両親について尋ねた。そこで、幼い頃に二人を一度に亡くし、祖母に育てられたと話した。彼らは同情し、こんなに立派にシドニーを育て上げた祖母のエレンを賞賛した。彼女が弁護士だと知っている二人は、仕事について尋ねた。シドニーは、〈ティール・ゲイル・アンド・プロッサー法律事務所〉での経験について少し説明した。

そして話題はルールが取り組んでいるさまざまなプロジェクトの進捗状況に移った。ちょっと堅苦しい、とシドニーは思った。でも、あなたのことをもっと知りたいという彼らの関心の高さがうかがえる。

トレヴァーもとてもお利口だった。しばらくはルールの膝でおとなしく座り、大きな黒い目で大人たちの顔を追っていた。アドリエンヌもエヴァンもすっかりトレヴァーに夢中らしく、ずっとやさしい目で見たり、ほほえみかけたりしている。

トレヴァーも少しずつ打ち解け始めた。二十分もすると、会話が子守り歌になったのか、アドリエンヌに腕を伸ばした。「おばあちゃん、だっこ」

アドリエンヌが手を伸ばし、ルールがトレヴァーを渡した。彼女は高価そうなデザイナージャケットを羽織り、その下は絹のドレスだ。女大公のきれいな服にトレヴァーがよだれを垂らすのではないかと、シドニーはひやひやした。

しかしアドリエンヌは気にしなかった。彼女はトレヴァーを抱くと頬にキスし、トレヴァーもさっきまでの照れはどこへやら、喜んでそれを受けた。

ラニは訪問から三十分ほど経って、あの細面の女性に案内されて現れた。軽く紹介しあったあと、トレヴァーをおんぶして子ども部屋に向かった。

そのほかに現れた人々はみなディナーの席につき、ルールの二人の兄弟も加わった。一人は、ルールの妻に会いに自分の屋敷から訪ねてきた第一位公位継承者のマクシミリアン。もう一人は、中東で捕虜になった経験を持つアレクサンダーだ。

シドニーは一目でマクシミリアンが好きになった。ルールと同じくらいハンサムで、気はやさしいがカリスマ性を持つ男性だと感じた。でも目が悲しそうだった。水上スキーの事故で妻を亡くしたとルールに聞いたことを思い出す。もしかすると今も妻の死を乗り越えられないのかもしれない。

一方、アレックスを好きになるのは難しかった。ほかの家族同様、髪も目も黒いハンサムだが、もっと体格がよく、もの静かだった。何かに怒っている感じだ。あるいは、深く内にこもっているのか。それも無理はないとシドニーは思った。テロリストの虜囚になれば、誰だってそうなるだろう。彼とリリアナ王女がうまくいかないのも仕方がない。いや、アレックスは誰ともうまくいかないかもしれない。

アレックスと双子のダミアンは世界を股にかける遊び人で、今は友人のヨットでセーリング中だ。一番下の妹ロリーとその上の妹ジェネブラは寄宿舎に入っている。アリスとリアノンはルクセンブルクで催事に出席。一番上の妹アラベラはパリに滞在中だ。ロリーとジェネブラは休暇中は宮殿で暮らすが、上の三人の姉妹にはそれぞれ自宅がある。

ディナーはコース料理だった。食事はおいしく、ワインもフランス産の一級品だ。でも、妊娠を初めて疑ってからずっとそうしてきたように、シドニーはなるべく飲まないようにした。

食事を終え、自分の居住棟に戻ったあと、彼女とルールはモンテドーロに移り住んだことを祝った――愛を交わすことで。それも二度。一度は彫刻が美しい寝室の背の高いドアにもたれかかり、立ったままで。彼が中で心地よく動く間、二人がどんなに情熱に駆られても、建てつけのいいドアはきしみ一つたてなかった。

次に二人はベッドに入り、もう一度愛しあった。そのあと、シドニーは彼に身を寄せて言った。「宮殿内に大きな図書館があるとお母様に聞いたわ。モンテドーロの歴史に関する本がたくさん収蔵されているって。この国について何を尋ねても答えてくれる司書もいるそうね」

ルールは彼女の腕をゆるゆると撫でている。ついそちらに気持ちがそれてしまいそうになる撫で方だ。「モンテドーロ学の学者にでもなるつもりか?」

「私、追いつかないと。そもそもここの政治や歴史を理解しなければ、自分がどんな仕事をしたいか、この国でどう役に立てるか、考えられないわ」

「野心家だな」彼は感心しながら彼女の胸を撫でた。「それをされると、私のIQが下がるわ……」

ルールは温かな手で彼女の胸を包んだ。「君の胸が好きだ」

「よかった。この先何度でも拝めるわよ」

ルールは胸の先を指でつまんでつねった。シドニーがため息をつく。彼がやさしく気遣うように言った。「以前より張りがあるような気がする」

それには理由があると打ち明ける絶好のタイミングだった。赤ちゃんができたの、と。でも、シドニーは彼の脇腹を肘でつついた。「やだ、前より大きくなったから好きだっていうの?」

ルールが彼女の髪に鼻を埋めた。「大きくなった?」

シドニーは肘をついて体を起こし、彼の目を見た。「ええ」そのとき気づいた。息を凝らしてこちらを見る彼の表情を見ればわかる。もう気づいているのだ。シドニーはからかうようにほほえんで彼を見た。

「胸が大きくなったわ。奇跡よ」

照れくさそうにすら聞こえる声でルールが尋ねた。

「シドニー……もしかして……」

彼女はさらににこにこした。「もしかして、何?」

「じらさないでくれ、頼む」彼の目が真夜中のように暗くなった。柔らかい、心を焦がすような闇。本気で知りたいのだ。

そしてシドニーの心臓はまるで倍の大きさになってもっとスペースをと要求しているかのように、肋骨を押し返している。「たぶんそうだと思うわ」彼女はささやいた。「赤ちゃんができたみたい」

ルールは彼女をじっと見つめた。「〝思う〟？」

「あらゆる兆候が現れているの。全部トレヴァーのときと同じ。生理も三週間近く遅れているし。検査薬はまだ試していないけど」

ルールは彼女の顎に触れ、唇を親指でなぞった。

「いつ試すんだ？」

シドニーはほほえんだ。「明日の朝は？」

「ああ、シドニー、シドニー、シドニー……」ルールは彼女の肩をつかんで引き寄せ、キスをした。長くやさしい、完璧なキス。申し分がない。

シドニーはまた彼の胸に身を寄せ、顎を腕にのせた。「幸せ？」

ルールは彼女の髪を撫でた。「これ以上ないほど」

「あなたはいい父親よ。トレヴァーはあなたに夢中」

ルールは彼女の髪を耳にかけた。「トレヴァーは僕の理想の息子だ。そして君は僕の理想の妻だ」

シドニーは、初めてトレヴァーを見たときの彼の母親の反応を思い出し、ついほほえんだ。「あなたのお母様、トレヴァーを見てすごく驚いていたわね。怖いくらいあなたに似ていると気づいたのかしら」

頭に置かれたルールの手が止まった。「なぜそんなふうに思った？」

彼のまなざしが変化した？

しかし、シドニーはすぐにその疑問を打ち消した。ルールが彼女をやさしい目で眺めながら、また髪を撫で始めた。「愕然としているように見えたから。あなた、気づかなかった？」

「ふうん。たぶん、僕が思うに……」

シドニーは尋ねた。「気づいた？　それとも気づかなかった？」肩をすくめたルールを見て、彼女は眉をひそめた。「一瞬のことで、表情はすぐに消えたわ。目の錯覚かとも思ったけど……」

ルールは彼女の顔を手で包んだ。「おいで。キスしてくれ」

シドニーは考えるふりをした。「そうねえ、すごく魅力的なお誘いだけど」

「さあ。どんなに魅力的か教えてあげるから……」

彼女はルールの上にのり、そっとため息をついて唇を彼の唇に重ねた。彼は正しい。そのキスで、もっとキスしたくなった。

キスは愛撫を誘い、二人はまた愛を交わした。ゆっくりと、やさしく。

シドニーは彼の忘れがたい顔を見上げて思った。二人の絆はどんどん強くなっていく。二人を引き離すものは、もう絶対に何もない。

一時間後、ルールは暗い中で天井を見上げ、横で眠る妻の緊張を解いた規則正しい寝息を聞いていた。

妊娠中の妻……。

確信があった。それは彼女も同じだろう。朝に検査をするのは形式的なものにすぎない。妻のお腹には僕の赤ん坊がいる。僕の二人目の赤ん坊が。

そして、確かに彼も母の表情に気づいていた。母にもわかったのだ。トレヴァーがルールの子だと。あの子を一目見て、母は間違いなく悟ったのだ。

まもなく大公殿下は僕を個人的に呼び出すだろう。

義理の息子であるはずの子と、なぜそんなによく似ているのか、問いただされるはずだ。

母は、哀れな父のことも追及するだろう。ルールと妻、それとルールに瓜（うり）二つの子どもの関係はいったいどうなっているのか、なんでもいい、知っていることがあれば話すようにと詰め寄るにちがいない。そして、どうにかして真相にたどりつくはずだ。

真実を知ったら最後、妻にすべて打ち明けろと僕をせっつくだろう。母は、僕の妻同様、人生においても結婚においても真実と完全さを求める。

報いを受ける日が近づいている。今僕はすべてを手にしている。どうせ見つからないとあきらめかけていた理想の女性。健康で明るい、完璧な息子。それに二人目の子どもまで。

問題は、ついに真実を知ったとき、シドニーをどれだけ失うかということだ。

シドニーの手は震えていた。

彼女は大理石のカウンターの隅に置いた試験容器に背を向け、胸の前で手を握りあわせた。そう、風に吹かれる木の葉のように指が震えている。

「馬鹿みたい。本当に……」低くうめき、両手で顔を覆う。そんなに不安がる必要などないのだ。妊娠しているかしていないか、二つに一つ。そして、していると自分では確信している。やがてタイマーが鳴れば、すべてが明らかになる。

今びくびくする理由などないのだ。何一つ。

ルールが浴室のドアをノックした。「シドニー？　大丈夫か？」それに答えるかのように、巨大なバスタブを囲む大理石の上に置いたタイマーが鳴りだした。「シドニー！　大丈夫か？」

彼女はタイマーのスイッチを押して止めた。びっくりするほど静かになる。

だがルールは静かにならなかった。「おい、シドニー！」彼はドアを叩いた。

彼女は振り返ってドアのほうに行き、鍵をひねってドアを大きく開けた。心配そうな表情を顔に張りつけた彼は、すばらしい裸体をそのままさらしている。シドニーは食いしばった歯の間から言葉を絞り出した。「大丈夫よ。わかった？　私は大丈夫」ルールが腕を差し出すと、彼女は声をあげてそこに飛びこみ、引きしまった腰に腕を回して抱きついた。厚い胸板に顔を埋める。「時間よ」心地のいい体毛は完璧な胸筋の間から始まり、そのまま下にくだって天国へと続いている。「見る勇気がないわ」

「シドニー」彼にしかできない、やさしくて心強い呼び方。ルールは彼女の背中を撫で、顎に指を添えて顔を上げさせた。二人の目が合う。「結果はお互い、もうわかってる」彼がそっとキスをする。

唇が震えた。馬鹿みたい、こんなにびくついて。下唇を噛み、震えを止めようとする。「そのことはわかってる。でも、もし間違っていたら？」

ルールがゆっくり息を吸いこみ、あえて告げた。

「解決方法は一つしかないよ」

シドニーはまた彼の胸に顔を押しつけた。昨日のトレヴァーのように。「あなたが見て。私には無理」

ルールはくすくす笑った。もう、やっぱり男ね。こんなときに笑うんだから。彼は笑い、それから彼女の頭のてっぺんにキスをして、やさしく腕をつかんだ。「見てほしいなら、君が放してくれないと」

シドニーはまた小さく声をもらし、しぶしぶ彼から離れて一歩退いた。「じゃあお願い。今すぐ」

ルールは大理石の縁にある容器を示し、尋ねるように彼女のほうを見た。シドニーはうなずいた。彼がそちらに近づいて容器を拾い、目を細めて見る。

何？　急に字が読めなくなったの？「小さな窓に〝妊娠しています〟か〝妊娠していません〟のどちらかが表示されているはずよ」

彼は大げさに目を細めた。「ええと、どうかな」

「今から私がそれをひったくって、頭を殴ってやる。見てなさいよ！」

ルールはまあまあと諌めるように、何もないほうの手を振った。「わかったって。ええと、なんだ？」

「ルール、やめて。本気よ。今すぐやめて」

すると彼は容器をバスタブの縁に落として向き直り、シドニーを高く抱き上げると、くるりと回った。

彼女はきゃあっと悲鳴をあげ、それから笑った。ルールが彼女をゆっくり下ろす。着ていた短いネグリジェがめくれ上がり、腰から下がむき出しになった。彼女は足先から床に下りた。

とうとうルールが身をかがめ、彼女の耳元でささやいた。「妊娠しています」

〝妊娠しています〟魔法の言葉だ。

シドニーは彼に抱きついた。「信じられない。本当？　私たちに赤ちゃんができた。すごいわ！」

「本当にすごい」ルールも同意した。

それから彼はシドニーを抱き上げてベッドに運び、二人の大好きな方法で検査結果を祝った。

その後、シドニーはルールに、このニュースはしばらく二人だけの秘密にしたいと告げた。まだ妊娠数週間だ。みんなに知らせるのはもう一カ月ぐらい先にするべきじゃない？

ルールは彼女にキスをした。「お好きなように」

「やさしいのね」

「君の頼みならなんでもＯＫさ」嘘ではなかった。

ルールは最高の気分だった。新生活も新しい赤ん坊も、すべてのことが。おかげでトレヴァーにまつわる真実の瞬間を迎える恐怖を忘れるところだった。

こうしてその日もその翌日も、母に呼び出されないまま過ぎ、彼の恐怖心はさらに小さくなった。どういうわけか、母は彼と〝義理の息子〟が酷似している件を不問に付すことにしたらしい。ただの偶然だと判断したのか、口出しをするまいと考えたのか。あるいは、打ち明ける気になれば息子は自ら来ると思ったのか。理由は何にせよ、母は手を引いた。

ありがたいとルールは思った。ほっとしてもいた。

次の火曜日、彼らは記者会見を開き、そこで公式に二人の結婚を発表した。とはいえ、めまぐるしいタブロイド紙の世界では、そんな話題はとうに忘れられていたのだが。水曜日にはモンテドーロ大司教を訪ね、教会での結婚式を取り持つお願いをした。大司教は喜んでプロセスを端折ってくれた。木曜と金曜に結婚についての教えを手早く受け、モンテドーロに引っ越した翌週の土曜日には、彼とシドニーはひっそりと教会で結婚式を挙げた。

次の週、ルールはパリで三日間会議に出席した。シドニー、ラニ、トレヴァーはモンテドーロに残り、シドニーとアドリエンヌは二人で過ごして、互いの理解を深めた。ルールがフランスから戻った夜、シドニーはベッドの中で、お母様にトレヴァーの父親について訊かれたと話した。

ルールは軽い調子を装った。「どう話したんだ?」

「もちろん真実を話したわ。子どもが欲しかったけど、相手がいなかったから、精子バンクに行ったと。前向きにとらえてくださったと思う。ほほえんで、〝意志の強い人なのね〟とおっしゃったわ」

「そのとおりだよ」ルールは彼女にキスし、彼女もキスを返した。そこからは自然な流れとなった。

翌日、アドリエンヌの招きで、リリアナがモンテドーロを一時的に訪れた。シドニーは彼女と初めて顔を合わせたが、会ってみれば馬が合った。アラゴニアの繊細な王女と、ルールの背が高くて意志の強いアメリカ人妻。ルールも驚かなかった。二人とも心やさしい、よくできた女性だから。

彼の妹たちについてもそれは同じで、シドニーはみんなを気に入り、妹たちもシドニーを気に入った。

ルールとシドニーはお互いについてさらに話をした。子どもが生まれるまでには独立した家に住みたいとシドニーは言った。そこで二人は近くにあるルールの別荘を改築するために建築家と契約して、家族が増えても快適に暮らせるように設備を一新し、間取りを広くすることにした。

彼とシドニーは幸せいっぱいだった。彼女を傷つけたり、今の幸福を壊したりするようなことはしたくなかった。実際、自分がトレヴァーの実の父親だと彼女に知らせる必要はあるのだろうかと考え始めていた。今それを知って、彼女に、いや誰にとっても、どんな得がある？　ルールは彼女と息子を見つけ、全員が幸せになれるようにお膳立てをした。真実を告げれば彼女は動揺し、二人の関係はこじれるだろう。家族の和は脅かされ、壊れる恐れさえある。

父は秘密を守ってくれるだろう。母がこのまま真相を暴こうとさえしなければ。ときには何もしないことが得策ということもある。幸せなのだから、このままそっとしておけばいい。彼はそう決めた。

だがふと思った。僕はなんて卑劣なんだ。そもそも最初にすべて話すべきだったのに。彼女には知る権利がある。今こそ話さなければ。今日こそ。

だがなかなかタイミングが合わず、また一日が過ぎた。もうすぐだ、とルールは自分に誓った。できるだけ早く話そう。

だが話さなかった。何も言わずに一日が過ぎれば、それだけ真実を打ち明ける自分が想像しづらくなる。いよいよ嘘の泥に深くはまり、黙っていたほうが誰にとってもいいと自分を納得させた。

そして五月の最終水曜日、ついに真実が彼に追いついた。

12

その事件が起きたのは、ルールが新しい家族を連れてモンテドーロに戻ってから二週間と五日後のことだった。

宮殿のオフィスに現れた彼を、タブロイド紙を手にしたキャロリーヌが待ちかまえていた。

「殿下」慎重に表情を消し、秘書が言った。「〈インターナショナル・サン〉紙に極めて遺憾な記事が掲載されました」それはロンドンを拠点とする週刊紙で、あれこれホットな話題を提供している。かのセレブがリハビリを始めただの、あの映画女優が既婚の某公爵と不倫熱愛中だの。「すぐにご覧いただいたほうがいいと思います」一般紙とタブロイド紙の両方に目を光らせるのがキャロリーヌの仕事の一つだった。ルールが自分や自国、携わっている事業、彼にとって大事な人々について、あらゆる紙媒体情報を把握しておくようにするのだ。普段彼女は、特に注意が必要と思える記事が掲載されている各紙をサイドボードの上に置いておくだけだ。だが、こうしてじかに手渡しされるなんて、いい予感がしない。

「ありがとう、キャロリーヌ」

「はい、殿下」彼女はうなずいてそうつぶやくと、部屋を出て、そっとドアを閉めた。

ルールはデスクを回って椅子に腰を下ろした。不安に押しつぶされそうになりながら、目の前の革のデスクパッドの上で新聞を開く。しばらくの間、彼はじっとそれをにらみつけていた。長時間怒りを注ぎ続ければ、言葉や写真が別の、彼や家族にとって害のないものに変化するとでもいうように。

しかしどんなに長く険しくにらんでも、一面記事は変わらなかった。

見出しはこうだ――〝養子？　それとも婚外子？〟

ルールの写真が何枚か掲載されている。トレヴァーを抱っこしている写真、トレヴァーを抱っこしている彼と並ぶシドニー、トレヴァーの年齢の頃の彼の写真。ルールとトレヴァーがこれだけよく似ていれば、二人の写真を見ただけでぴんとくる。誰もがルールはトレヴァーの実の父親だと、少なくとも近い親戚であるはずだと思うだろう。

記事自体は完全なでっち上げだった。かつて彼とシドニーはつかのまの秘密の恋に燃え、気づくと彼女は妊娠していたが、ルールはヨーロッパ貴族と結婚しなければならないためシドニーと別れ、彼女は一人で彼の子を産んだ。しかし、運命の定めでルールは心から愛する女性を忘れられず、二年後、ハンサムな大公子はようやく愛する息子と女性のほうが貴族の血より大事だと気づいた。こうして彼は、ずっと愛していた女性と、縁を切ったはずの息子のもとに戻ったのである、と。

息子は人工授精で授かった子どもだとシドニーが〝吹聴(ふいちょう)した〟経緯についても長々と説明されていたが、編集部も読者もそんな話には騙(だま)されないと書いてある。写真がすべてを物語っているし、写真を見れば、例の子どもはルール大公子の実子だということは明らかだ。少なくとも、大公子は最終的にその子の母親と結婚し、道義的に正しいことをした。終わりよければすべてよし。大公子と新しい家族の末永いご多幸をお祈りする、と。

陳腐な言い回しにまみれた、じつにくだらない記事だ。言うまでもなく大部分は嘘(うそ)八百だが、馬鹿げた全体の中にきらりと光る真実が潜んでいる。トレヴァーがルールの実の息子だということだ。

だからこそ、これにどう反応するかがとても重要なのだ。実際、彼が無視しようと、怒りに駆られて事細かに説明しようと、名誉毀損で新聞を訴えようと、何をしても事態を悪化させかねない。そして彼が何をしても、情報源を無数に持つ、やる気満々のレポーターなら、行動の裏を掘り下げようとするだろう。彼が精子ドナーだということを突きとめる者もいるかもしれない。まだシドニーに真実を告げていない今、もしそんなことになったら……。

まずい。そんな事態になる可能性は、今のうちに摘んでおかなければ。

シドニーに話そう。今日にもすぐに。だが彼女はきっと激怒するはずだ。怒るだけでなく、一生許さないだろう。だが、タブロイド紙で先に知ったりしたら、彼女を失う恐れは何倍にもなる。

ルールは新聞を脇に押しやってデスクパッドについた肘を抱え、突っ伏した。早く言っておけばよかった。もっと何週間も前に。最初に話しておくべきだったのだ……。

何度自分に言い聞かせた？　百回？　五百回？　そのうちのいつ話してもよかったのだ。確かに二人の関係はこじれたかもしれない。だが、今話すよりはましだっただろう。彼は百回、五百回、千回も自ら選択した——誤った選択を。僕が馬鹿だった。何より大事だと思えることで賭けをするなんて。

三十分後、ルールと父エヴァンは父の個人オフィスで会議をした。出席者はほかに、一家の顧問弁護士で法律アドバイザーでもあるドナユー・ヴィリエ、宮殿の広報担当秘書レティシア・スプラーグ。レティシアは二十年前から宮殿に勤める信頼のおけるスタッフだ。

彼らは次の一手について話しあい、ドナユーが新聞社の法務部と接触して、こちらには訴訟を起こす用意があると伝え、話しあうことにした。そして、和解交渉をする段になればルール大公子の心証をよくする役に立つはずだと説明し、記事を取り消す謝罪広告を出すよう求めるという。レティシアは、記事に異議を唱えるルールの声明を発表し、馬鹿げた内容に対して彼がいかに憤慨しているかをはっきりさせたほうがいいと提案した。

エヴァンが言った。「そういう対外的なことに手をつける前に、まず家族会議をするべきだ。大公の意見を聞く機会を設けなければ。もちろんシドニーの意見についても」

そのとおりだった。会議は終わり、レティシアとドナユーはルールと父を残して退室した。

ルールとエヴァンは暗い表情で互いを見つめた。

そしてエヴァンが言った。「これで世界が終わるわけじゃないぞ、息子よ」ルールが口を開き、エヴァンが手を上げてそれを制した。「おまえなら切り抜けられるさ。家族を崩壊させることなく。いいことだけを考えろ」

ルールはふんと鼻を鳴らした。「考えたくても一つもないですよ」

「あるさ、必ず。記事は馬鹿げている。あの新聞はそのうち恥をさらす」

「相手はタブロイド紙です。恥をさらすことなどなんとも思っていない」

父は厳かに息子を見つめた。「おまえは善意のもとにドナーになった。純粋な気持ちからだ」

「馬鹿でした。自分の立場に、ブラボー＝カラブレッティ家が象徴するものすべてに反抗したかった」

父は辛抱強く続けた。「その〝反抗〟がなかったら、理想の妻は見つからなかったかもしれない。トレヴァーもいなかっただろう。シドニーと出会う段取りをつけることも、彼女に結婚を決意させることも、息子の本当の父親になることも……おまえの行動力には心から立派だとも思う」

ルールは父のデスクの隅に置かれたガラスのペー

パーウェイトをつかんで壁に投げつけたかった。

「父上はわかっていない。シドニーはまだ真実を知らないんです。僕が話しそびれたから」

「じゃあ今すぐ話せばいい」

「彼女を失うことになるかもしれない」

「私はそうは思わない。彼女はおまえを愛している。おまえから離れることはないさ」

ルールは何も言わなかった。だいたい何が言える？　父はシドニーのことでは最初からずっと誠実に対応してくれた。くどくど説教したりしなかった。そういうのは父らしくない。だが、父がずっと正しかったとわかっているだけに、こうして話しあうのがルールにとってはつらかった。

「おまえの母親に本当のことを話す潮時だと思う」エヴァンが言った。

ルールは顔をしかめた。「最高ですね」

父がやさしく言う。「これ以上先延ばしにはできないぞ。あの子を一目見ただけで、アドリエンヌはおまえの子だと悟った。知っていることを話すよう言われたよ。おまえが私を信頼して話してくれたことだし、秘密は守ると約束したと、アドリエンヌに伝えた。だが、それでも話せと言われれば、おまえとの約束を破ってすべてを打ち明けるとも話した」

ルールはアメリカ風に言った。「ワオ、ありがとう、パパ」

父は笑ったが、面白がっているようには聞こえなかった。「トレヴァーを目にした今、アドリエンヌが知りたがれば、真実を話さないわけにいかなかった。彼女はこの国を支配するように、私の心も支配している。おまえには理解できんだろうが」

ルールはシドニーのことを考えた。「いえ、理解できます」

「結局は、おまえとの約束を破らずにすんだが。アドリエンヌが、秘密は守ったほうがいい、この件についてはルールの気持ちを尊重すべきだと言って」

「つまりトレヴァーが僕の息子だと、母上にはわかっているということですね」

「さっきも言ったように、私は何も言っていない。おまえの母親は自分で結論を導き出し、それを胸にしまっているんだ。おまえが母親に対して正直になる頃合いだと思う」

「先にシドニーに話さなければ」

「それはもちろんだ」

数分後、ルールが怒りをこめて丸めたタブロイド紙を手に居住棟に戻ったとき、シドニーはいなかった。彼女は宮殿の図書館に行ったが、十一時には戻るとラニが言った。時刻は十時四十五分。

トレヴァーが彼のズボンをぐいぐい引っぱった。

「ルー、きて。あそぼ……」

大きな鉛のボールのようになった心を胸に抱えながら、ルールは息子と一緒に床に座り、丸めた新聞を脇に置いて、プラスチックのタイヤや部品を組み立てて奇抜な機械をつくるのを手伝った。

トレヴァーがプラスチックのプロペラを手に顔を上げた。「みて、ルー。プロペラ」トレヴァーはプロペラを鮮やかな色の棒に突き刺し、ふうっと息を吹きかけた。くるくる回るのを見て大喜びする。ルールも一緒に笑いたかったが、無理だった。トレヴァーはかがんで車や歯車を手に取った。ルールはその頭を愛しげに見下ろした。息子をいきなり抱きしめたかった。そしてそのまま二度と放したくなかった。そうしてきつく抱いていれば、恐ろしい真実のときから逃れられるとでもいうように。

でも逃れられはしない。嘘を終わりにしなければ。

玄関ホールからせかせかと近づいてくる足音が聞こえたのはまもなくだった。気づくとシドニーがそこにいた。笑いながらラニに今日は何ページ書いたのと尋ねている。

「三段落だけ」ラニはぼそりと言い、ずり下がった眼鏡を押し上げた。「なかなかまとまらなくて」

「大丈夫よ」シドニーが友人を励ます。「必ずまとまるわ」

「そうね。あなたの言うとおりだといいけど」

「大事なのは続けることよ」

ラニがまた何かつぶやいた。シドニーの足音が近づくにつれ、耳に響く鼓動が大きくなり、彼女がなんと言ったかわからなかった。

シドニーが二人を見下ろした。「ずいぶん奇抜な機械だけど、何かしら、それ？」

一瞬、ルールは彼女のかわいいオープントゥの靴と細い足首を見つめた。それから無理に笑みを浮かべると、顔を上げて彼女の目を見た。「自分の息子に尋ねるべきだな」

トレヴァーが目を上げた。「あれ、ママ。ぼく、つくったの。プロペラのあるやつ」

「なるほど、でも……」シドニーの目が移動する。ルールがその視線を追うと、自分の横にある新聞が半開きになり、派手な見出しと写真が半分見えているのに気づいた。「それ、いったい……」

彼は新聞をつかみ、急いでまた丸めた。「二人きりで話をしたほうがいいと思う」

シドニーの両方の眉がつり上がる。やがて彼女はうなずいた。「そのようね」

トレヴァーは座ったままルールとシドニーの顔を交互に見て、大人たちの間に何が起きたのかと不安そうにしている。「ママ？　ルー？」

ルールは息子の頬を手で包んだ。なるべく冷静にやさしく言う。「トレヴァー、ママと話があるんだ」

トレヴァーが目をぱちくりさせた。「はなし？」

眉をひそめ、でも大声で宣言する。「わかった。じゃ、ぼく、ほかのつくる！」

ラニがノートパソコンを脇に置いた。「おいで、トレヴ」彼女はソファから立ち上がり、こちらに来た。「おやつでもどう？」トレヴァーを抱き上げる。

トレヴァーが急に胸を張った。「クラッカーとミルクがいい。おっきいキッチンで」トレヴァーは、彼をかわいがってくれるシェフや見習いがいる宮殿の厨房に行くのが大好きなのだ。

「大きいキッチンで、クラッカーとミルクね」

「ありがとう」ルールは床から立ち上がりながら、ラニに笑顔を向けた。

彼女はさっとうなずき、トレヴァーを戸口に連れていった。ドアの閉まる音がした。

居住棟に、シドニーと二人きりになった。

「さて？」彼女が言った。シドニーはそれを開き、ルールはタブロイド紙を渡した。シドニーはそれを開き、信じられないといううようなかすれ声を喉からもらした。「嘘。これ、冗談でしょう？」

「シドニー、僕は……」

彼女は片手を上げげた。「ちょっと待って。このごみを全部読んじゃうから」

シドニーが記事を読む間、二人はトレヴァーの鮮やかなプラスチックの車や歯車の山の両側にじっと立っていた。彼女はのみこみが速い。読み終わるまでにそう時間はかからなかった。

やがてシドニーは新聞を床に投げ捨てた。「こんなひどいでたらめ、読んだの初めて。まったくどういう神経してるのかしら。訴えてやりましょうよ」

「たぶんそうなるだろうね」

「たぶん？　全部嘘っぱちじゃない。真実なんてひとかけらもない。吐き気がするわ」

「じつは、問題はそこなんだ。ここには真実も含まれている。それもひとかけら以上」

「どういうこと？」彼女は横目でルールを見た。

彼はごくりと唾をのんだ。チョコレートを盗み食いしたところを見つかった子どものように。「君に打ち明けなければならないことがある」

「何？」彼女の顔に怯えが見える。「なんなの、ルール？」

「座ったほうがいい」彼は妻の腕を取ろうとした。

シドニーはそれを振り払った。「いいわ、不安になるから早く言って。なんなりと」

「もちろんさ。大事な話なんだ。本当ならずっと前に、最初に話すべきだった」

「ルール」今度手を伸ばしたのはシドニーのほうだった。彼の両腕をつかみ、目をまっすぐにのぞきこむ。「なんでもいい、とにかく話して」

言い方を工夫できるだろうか？　何も思いつかない。だから単刀直入に告げた。「僕は〈セキュア・チョイス精子バンク〉のドナーだった。君が選んだのは僕のプロフィールだ。トレヴァーは僕の息子なんだ」

13

シドニーはまだルールの腕をつかんでいた。指が肌に食いこんでいる。顔が真っ青だった。「嘘」

「シドニー、僕は……」

彼女はさっと飛びのいた。彼に触れることすら耐えがたいと言わんばかりに。「嘘」彼女はゆっくり首を振りながら手で口を押さえた。「嘘、嘘よ。あなた、一度も言わなかった。一度も。訊いたのに。はっきりと……」それはささやき声だった。でもルールにはわめき声に聞こえた。まるで悲鳴だ。

「僕は嘘をついた。シドニー、とにかく……」

シドニーはまた首を振った。「嘘よ」そして、さっきまでラニが座っていたソファに近づくと、慎重にノートパソコンを目の前のローテーブルに置いた。

「ここに」正面の袖椅子の一つを指さす。「座って」

ほかに何ができる？ ルールは指示どおり座った。

沈黙。二人はローテーブルを挟んで互いを見つめた。そのわずかな距離が、ルールには果てしなく思えた。決して越えられない距離だ。何かを内に秘めた彼女の青ざめた顔、光のない瞳をただ見つめ、最悪の事態が起こるのを待つしかなかった。

僕は彼女を失った。

シドニーは慎重に抑えた声で尋ねた。「〈セキュア・チョイス〉から私の情報を入手したわけね？」

「ああ、そうだ」

「そう。いつ？」

「約三年前」

「私の妊娠中？ それからずっと知っていたの？」

「そうだ。最初から」

彼女はまた息をのみ、手の甲を口に押しつけた。やがて自分を取り戻したかのように、手を膝に下ろした。「ずっと知っていながら、あなたは何もしなかった。そして突然、現れた。ちょっとした幸せな偶然を装って、百貨店に入っていく私を見かけ、意志の強そうなその姿に心惹かれたと言って。でも偶然なんかじゃなかった。ちっとも」

ルールは喉がつかえた。それを解消するために唾をのみこむ。「そう、偶然ではなかった。あの日は君をつけていたんだ」シドニーがお腹に拳を押しつけた。赤ん坊？ 彼は立ち上がろうとした。「シドニー、君……」

「でも……」

彼女は開いたてのひらを突き出した。「だめ。そこにいて。立とうとしないで。近くに来ないで」

「気分が悪いわけじゃない。言葉が……ないわ、ルール。わかるわよね？ 言葉が出ない」

彼は椅子に沈みこんだ。言えるのはただ一つ。

「わかるよ」

「どうして今？　わからないわ。言おうと思えばいつでも言えたはずなのに、なぜ今なの？」そのときシドニーはまばたきした。その目に何かを理解した兆しが見えた。「あの馬鹿げた記事や写真。瓜二つのあなたとトレヴァー。精子バンクを利用したと私が〝吹聴している〟とまで書いてあった。誰かが調査して、真実を掘りあてる恐れがあると思ったのね。これ以上隠しておけないと観念したわけ」

恥を忍んでうなずくしかない。「そのとおりだ」

「ああ、ルール。結婚式の翌朝にあなたがリリに説明するためモンテドーロに大急ぎで戻ったとき、ひどいと思った。がっかりしたわ。でも、あなたは嘘はついたことがないと自分に言い聞かせた。性根が正直な人なんだと」目に涙はないのに、彼女の口から嗚咽がもれた。今度はてのひらで口を押さえる。それで嗚咽を押し戻せるとでもいうように。やっと落ちつくと、手を下ろして言った。「なんて馬鹿だったの？　ヒントはずっと目の前にあったのに。見えていたし、わかっていた。なのに、その証拠を信じるなとあなたに信じこまされていた」

「打ち明けたかったんだ」思わずそうつぶやいていた。だが、その情けない言葉に、自分で腹が立った。

普段はやさしい彼女の口元に冷笑が浮かぶ。「じゃあ、どうして言ってくれなかったの？」

ルールはすぐに答えた。「最初に？　言えば君を手に入れるチャンスはないとわかっていたからさ」

「そんなのわからないじゃない」

「いや、わかる。君のすばらしいおばあさんは誠実さがすべてだと君に教えた。そして君はライアンやピーターというろくでなしに騙された……」

シドニーは手を振り、彼の言い訳を一蹴した。

「最初でないにしても、あなたにドナーの経験はないかと尋ねたあの夜はなぜ？」

「すごく幸せだったから。その幸福を失いたくなかった。君を失いたくなかったんだ」

「一度でも話そうと思ったことはなかったの？」怒りと希望の両方がこもった言葉だった。

彼女を落ちつかせたかった。さらに嘘を重ねたかった。でもできなかった。境界を越えてしまったから。今彼に残されているのは厳しい現実だけ。「ないと思う。話さなきゃと自分に言い聞かせ続けながら、先延ばしする言い訳を必ず見つけた。君が知るべきことを言わずにすむ口実ばかりを選んだ」

「つまり」希望は消えた。残ったのは冷ややかな怒りのみだ。「永遠に話す気はなかったってことね」

ルールは目をそむけなかった。「そうだ。君を失うのが怖かった」

「それで、あなたは満足した？」シドニーの皮肉まじりの言葉が彼の心を食い破った。

ルールは抑揚のない声で答えた。「今は、満足などしていないと答えるしかない」

シドニーはじっと動かない。ただこちらを見ている。長く苦しい時間がじりじりと過ぎていく。ついに彼女が口を開いた。「意味がわからない。どうしてあなたがドナーになったのか。なぜ？　あなたらしくないわ、全然」

「今となってはどうでもいいことだろう？」

「私には意味がある。一生懸命考えているの」

「シドニー、僕は……」

「教えて」それは命令だった。

彼は従った。「理由は……当時はそれが価値あることだと、リアルな行動だと思えたんだ」自分でもいまだに理解しきれないことをどう彼女に説明すればいい？　ルールはできるだけのことをした。「何かが欲しかった。人生を部品の寄せ集めで終わらせたくなかった。両親が共有しているもの、それが理想だった。僕は人生の道のりを進んではいたけれど、それを満喫してはいなかった。仕事は楽しかった。でも、帰宅したときに待っていてくれる人が欲しかったんだ」彼は首を振った。「支離滅裂だな」

シドニーは容赦がなかった。「続けて」

改めて説明を試みる。「つきあった女性は何人もいた。見知らぬ女性たちだ。セックスは楽しかったが、ベッドでのひととき以外の時間を彼女たちと分かちあう気にはなれなかった。目を見ても、決して本当の相手を知ることはできないし、向こうも僕を知ることはないと思った。ダラスで仕事をしていた僕は孤独だった。そこで一年間暮らしたんだ」

「いつのこと？」

「四年と少し前に始めた。ときどきサンアントニオに行って父方の親戚を訪問したが、暮らしは空虚だった。友達らしい友達もいなかった。今振り返っても、仕事関係以外のつきあいなんて一つも思い出せない。一人を除いて。彼とはパーティで出会った。プリンストンの同窓生でね。それから連絡を取りあい、昔話をしたりするようになった。その彼がドナーだったんだ。公立高校出身で、全額給付の奨学金でプリンストンに進学した彼が言うには、お金のためでもあったらしい。たいした額じゃないが、と笑っていたけど。でも人助けの意味もあったんだ。なんでも持っているのに一番欲しい子どもだけが持てない夫婦に協力するのは正しい行いだと思えた。これだ、と思ったんだ。ドナーになることが善行になると。僕に寄与できることがあるとすれば、それだと。でも君の言うとおりだ。根っからブラボー＝カラブレッティの人間である僕らしくなかった。だが気づいたときには遅かった。僕のプロフィールはクライアントに公開され、二人の女性が僕を選んだ」

光のない彼女の目が見開かれた。「二人？」

「もう一人は妊娠しなかった。彼女が二度目を依頼したとき、僕のプロフィールは抹消されていた」

「二人だけ？　もっと選ばれてもいいのに」

　こんな状況でなければ、ルールは笑っていただろう。「僕のプロフィールが公開されていたのはごく短期間だったんだ。馬鹿なことをしたと気づくとすぐにサンプルを引き上げた。〈セキュア・チョイス〉はかんかんだったよ。赤ん坊が十人生まれるまで、さもなければ九カ月間はプロフィール公開しなければならない契約だったから。契約遂行時に彼らの懐に入ったはずのお金は弁済した。それがドナーの仕事なのに。知らんぷりができなかったんだ。結局……知らんぷ
　シドニーがあとを続けた。「あなたの性に合わなかったのね？　子どもは無事生まれたのか、元気に育っているか、知らずにいられなかった……」彼女にはルールのことがわかりすぎるほどわかっている。

　彼はそっと言った。「君が妊娠したと知ったあと、僕はまさにそう考えた。君と子どもが不自由なく暮らせるかどうか確かめること、それだけのつもりだった。誓うよ。君とトレヴァーが幸せなら、君に接触する気も、人生に関わる気もなかった。そして君は最高の母親であり、頼れる稼ぎ手でもあると知った。トレヴァーも健康だ。あの子が人生で好スタートを切るため、君なら全力を尽くすと確信した」

「ええ。私ならあの子になんでも与えられた――父親以外は」

　僕の動機を彼女は初めて誤解した。だから訂正した。「そんなつもりはなかった。本当だよ」

　彼女はすらりとした脚を組み、膝で手を固く握りあわせた。「やめてよ。あなたは生まれつきの父親みたいな人だわ。それはお互いよくわかってる」

　彼女の言葉にノックアウトされた。そのとおりだ。

　そして、ドナーになろうだなんて考えた自分がどんなに馬鹿だったか、改めてはっきりした。自分というものがまるでわかっていなかったのだ。

「降参。僕は有罪だ。そう、僕にとっては重要だった。わが子に父親を与えることが」

「それで、あの子に父親を授けるべく策を練った」

シドニーの冷ややかな観察眼にさらされる、標本の虫になった気分だ。心の奥では残酷な声がささやき続ける。おまえは彼女を失った、彼女はおまえの前から立ち去る、今すぐに。何があっても、自分の行動の最大の動機を彼女にわかってもらわなければ。

「違う。誓うよ、シドニー。そうじゃないんだ。僕が求めたのは……君なんだ」

「もう、やめて」

ルールは引き下がらなかった。「君なんだよ。確かにトレヴァーも大事だった。言葉にできないくらい。でも始まりは君なんだ。息子じゃなく、君が欲しかった。確かに僕は嘘をついた。何も言わないことで。初めて会ったあの日、なぜ僕が百貨店の外の駐車場にいたか、一度も話さなかったね。君がそこにいたからさ。僕は君に惹かれていた。明るくて、才能にあふれている君。成功者として堂々としていた。横に男がいようといまいと、子どもを立派に育てようという強い決意が見えた。たった一度、君の顔をじかに見るだけだと、僕は自分に言い聞かせた。そうしたら君ともトレヴァーとも縁を切ろう。モンテドーロに取って返し、リリに求婚するんだと」

「あなた、自分に嘘をついていたのよ」

「そうだ。駐車場に止めた車から出てきた君を初めて見たとき……もっと近くで、顔と顔を、目と目を合わせたいと思わずにいられなかった。声が、笑い声が聞きたかった。僕は店に入った君を追った。そして、フライパンの値札を読もうとしていた君があのすてきな不審そうな目でちらりと僕を見たとき、これでやめるわけにはいかないと思い知った。そばにいればいるほど、言葉を聞けば聞くほど、思いは募った。誓うよ、最初から君を誘惑し、結婚に持ちこもうとしていたわけじゃないんだ」

彼女がまた低いくぐもった声をもらした。

今度片手を持ち上げたのはルールだった。「確かに、最終的にはそうすることになった。でもきっかけは君なんだ。いつだって最大の理由は君だった。そして、君と〈マンション〉で食事をしたあの最初の晩、君を妻にしようと心に決めた」

シドニーの瞳は輝くエメラルドのようだ。涙が光っている。その涙でルールの胸に新たな希望が宿る。しかしその希望も、彼女が顔をそむけてそっとため息をついたとき、はかなく潰えた。再びこちらを向いた彼女の顔から涙の輝きは消えていた。

シドニーは検事のような冷たい理屈めいた口調で言った。「やり方はもっとあったはずよ。あなたが選んだものよりもっといい選択肢が」

彼は否定しなかった。「わかってる。あとから考えれば、それは痛いほどはっきりしている」

「あなたが私のドナーだとわかった時点で、会いたいと私に言うこともできた。私は会おうと思ったかもしれない。私に惹かれたとあなたは言ったけど、私だってドナーとして選んだ男性に、つまりあなたに惹かれていたんだから」

「今も惹かれている」ルールは訂正した。「でも、君が僕に進んで会ってくれるかどうか、あのときの僕にはわからなかった。その子は自分のものだと言いだしかねない見ず知らずの男の訪問を喜ぶシングルマザーなんて、どこにもいないと思った」

「私は連絡の許可を与えてあったわ。それだけでチャンスとしては充分じゃない？」

「ああ、君という人を知っている今はそう思うよ。でも当時は君を知らなかった。どんな反応が返ってくるか見当もつかなかった。それに、君の人生に干渉するのは間違っていると思ったんだ」

「当初すでに私を見つけていたなら、婚姻法の期限まで二年以上あったわけよね。こういう面倒を片づける時間はたっぷりあったわ。あなたにはいくらでも真実を追求できた」

「シドニー、わかってるさ。今ならね。でも僕はそうしなかった。確かにもっと勇気を出すべきだったし、正直になるべきだった。機を見て、もっと早くに君と会う手はずを整えればよかったよ。でも僕は躊躇（ちゅうちょ）した。いつまでも。おかげでようやく腰を上げたときには、もうぎりぎりになっていた」

「ぎりぎりだろうとなかろうと」彼女が一歩も譲るつもりがないことはとうにわかっていた。「せめてプロポーズの前に打ち明けるべきだったと思うわ」

「わかってる。その話はもうすんだはずだよ。そのときには、君がどれだけ嘘を嫌っているか、僕はとっくりと聞かされていた」

「だったら正直になるべきだったわね」

「でもライアンとピーターのことがあるだろう？君は男を信用していなかった。僕の目的はトレヴァーだけだとすぐに勘ぐったはずだよ」

シドニーの視線は揺るがない。「真実を話してくれるのが筋だわ」

「そうだね。でも、きっと君を失っていただろう。君が第三の男に〝疑わしきは罰せず〟の原則を適用してくれるとは思えなかった。僕らは幸せいっぱいだった。とてもリスクは冒せなかったよ。せっかく見つけた君を失うなんて耐えられなかった。それとも、そうはならなかったと君は断言できるのか？」

「いいえ。あなたの言うとおりだわ。あの頃はまだあなたをよく知らなかった。しばらく距離を置いて、冷静になろうとしたと思うわ。あなたを信じるにはもっと時間が必要だったでしょうね」

「期限に間に合わないくらい長い時間がね」

シドニーは低く声をもらした。「大公婚姻法ね」

「そのとおり」

「身動きが取れなかったと言いたいわけね」蔑むような口調だ。

「違う。自分が求めていた人をあのときついに見つけた、そういうことだ。絶対に見つかりっこないと思っていたのに、君がそこにいた。君が欲しかった。二人の間の子どもも。でも継承権も失いたくなかった。だから、僕らがお互いに求めるものを手に入れる最善の選択肢を選んだんだ」

「あなたは同じ選択を続けた。私に嘘をつくという選択を。何度も何度も。結婚して以来、別の選択をするチャンスは数えきれないほどあったはずよ」

「わかってるよ。また振り出しに戻る、だ。僕らはとても幸せだったから、真実を明かしてそれを壊したくなかった、君を失うのが怖かったって話に」

シドニーは立ち上がると、彼を見下ろして言った。

「嘘をつくという選択肢を選ぶことで、あなたは私の選択肢を奪ったのよ。自分に責任が持てず、事実や情報をもとに適切な判断がくだせない子どもみたいに扱った。長い間、男が女にしてきた仕打ちと同じだわ。現実に対処できない無能な人間として扱ったの。かつて女は思考力を持つ人間ではなく、所有物だった。ルール、私はいやよ、所有物になるのは。たとえどんなにちやほやされても。わかる?」

もちろんわかる。そして今ルールに残されているのは、彼女を、いや彼ら二人の関係を台無しにしたと認め、報いを受けることだけだった。「わかるよ」

「私にとっては大事なことなの。あなたが私を信じてくれること、対等に扱ってくれることが」

「わかってる」ルールは言った。「本当に」

「でも同じ状況になったら、あなたはまた嘘をつくかもしれない。それはありえないとは言わせない」

否定したかったが、できなかった。いや、否定しても仕方がないのだ。覆水盆に返らず。今大事なのは、今後は何があっても彼女に嘘をつかないことだ。

「僕は君を失いたくなかった、それだけだ。真実が二人の幸せを壊すと思った。だから嘘をついた。でもそれは間違いだったと気づいた。それは信じてほしい。そして、二度と嘘はつかないと誓う」シドニーはまっすぐにこちらを見ている。彼は首を振った。「でも、僕が何を約束しても無意味なのはわかる。どのみち僕は君を失うと、君の目が告げている」

シドニーの冷たい表情が変化した。困惑の表情。あきれているようにさえ見える。実際、彼女は天を仰いだ。「あなたは私を失わない。当然よ、ルール」

彼は耳を疑い、目をみはった。「今、なんて?」

「あなたは私を失わないと言ったの。決して。私はあなたの妻だし、あなたを命より愛している。でもあなたには幻滅した。その気持ちを隠す気はないし、自分が平気でいられないのに平気なふりはできない。別れてほしいとあなたが祈るはめになるかも」

「まさか」希望の灯が再び灯る。「別れてほしいなんて思うはずがない。心外だよ」

「どうかしらね」

ルールは立ち上がり、シドニーのほうに手を伸ばしかけた。だが彼女の表情は、それを実行したらどんな目に遭うかをはっきり告げていた。「君と夫婦でいたい」本当は彼女の言葉をそのまま返したかった。君を命より愛している。でも今、愛について口にするのは間違いだし、安っぽい。「欲しいのは君だけだ、いつも。君が何をしても、どんなに僕に腹を立てていても、それだけは絶対に変わらない」

「どうかしらね」またシドニーは言った。一瞬、彼女の目に悲しみがよぎった。かつて彼女を失望させた男たち。今やルールもその一人だ。

だが僕自身がそれを拒む。なんとしても挽回してみせる。何を犠牲にしても、彼女の信頼を取り戻し、彼女に寄り添う権利を再び獲得するのだ。

シドニーがうかがうように彼を見ていた。「ご両親はどこまで知っているの？」

「父は全部。相談していたんだ。でも母は何も知らない。トレヴァーは僕の子だと悟ってはいるけど」

「お母様に話したの？」

「いや。あの子を見た瞬間に直感したらしい。事情を訊かれた父は、僕との約束を破って打ち明けようとしたけど、母が止めた。裏切りだと言って」

「あなたのお母様、大好き」

「ああ」ルールは言った。「君同様、あっぱれな人だよ。それで思い出した。母と話をしないと」

シドニーは床に放り出されたタブロイド紙を示し、うんざりしたように尋ねた。「これについて？」

彼はうなずいた。「毎朝の習慣で、その新聞も含めて各紙に目を通している頃だと思う。母のところに行って、説明しないと」

シドニーが言った。「一緒に行きましょう」

それは願ってもない提案だ。「いいのか？」

「ラニにメモを残しておくわ」

彼らは父母の居住棟で母と会った。いるのはアドリエンヌ、エヴァン、ルール、シドニーの四人のみ。

ルールは一から顛末をくり返した。その間ずっと母の表情は読めなかった。

彼の話が終わると、母はシドニーに向き直った。

「息子があなたを欺いたこと、心からお詫びします」

シドニーはゆっくりうなずいた。「私も残念です」

ルールは正面を見据えていた。教室の隅で壁に向かって座らされ、悪行の数々について反省させられている悪童になった気分だった。

彼の母が言った。「なるほど。〈インターナショナル・サン〉紙とその馬鹿げたでっち上げ記事についてはどうなっているの？」

エヴァンがその朝のレティシア、ドナユーとの会議の内容を説明した。「少なくとも手始めに、ドナユーが記事の撤回を要求する」

女大公はルールからシドニーに、そしてまたルールに視線を移した。「それで二人は満足？」

まさか、とルールは思った。妻が僕を許し、再び愛と欲望に満ちた目で見てくれたら、初めて満足するだろう。「僕はかまわない」タブロイド紙の記事なんて、もうどうでもよかった。

「私は納得できません」シドニーが言った。

ルールは彼女の口元のこわばりと頬の赤みを見た。彼に対してと同様、タブロイド紙にも激しく怒っているのだ。眺めるだけなんてつらかった。彼女の肌を手に感じたい。彼女をただ抱く喜びが恋しい。胸がつぶれそうだ。彼女は別れないと言った。でも、いつになったらまた抱けるようになるのだろう？

シドニーが続けた。「撤回はもちろんです。それがスタート。そのあと訴えてこてんぱんにします」

「こてんぱんね」女大公は夫と目を見交わした。

「あなたのガッツには舌を巻くわ、シドニー」

「まだ足りません」シドニーは言い張った。「この記事でルールの人格が踏みにじられました。わが子を身ごもった女性を平気で放り出すようなことを、ルールがするはずがない。絶対に」

ルールはまた彼女に目をみはった。そうせずにいられなかった。驚いた。僕に腹を立てながら、まだかばってくれているのだ。「シドニー、これはただのタブロイド紙の記事だ。たいしたことじゃない」

シドニーの目はまさに緑の炎だった。「たいしたことよ。でたらめだもの。痛い目に遭わせてやらないと。私たちで記者会見を開いて、連中が嘘つきだと訴えるの。世界に向けて真実を話すのよ」

世界に向けて真実を話す。嘘だろう？　ルールは慎重に言った。「僕が精子ドナーで、君に接触する勇気を奮うのに二年を要し、いざ接触しても自分が実の父親だと告白しないまま、君をその気にさせて結婚を承諾させたと?」

「そう」シドニーは興奮気味に言った。「あなたにお願いしたいのはそれよ、ルール。真実の告白」

ずっと針の筵(むしろ)だったが、その日初めて怒りがこみ上げた。なるほど、読めたぞ。「僕に恥をかかせる気だな。タブロイド紙での侮辱では不充分ってわけか。自分で自分をこき下ろせ、と」

シドニーははっと息をのみ、首を手で押さえた。

「違う。そういうつもりで言ったわけじゃないわ」ルールが冷ややかに言い放つ。「いや、そうだ」

「ああ、ルール」しばらくして小声でシドニーが言った。「あなた、わかっていないわ。全然」

ルールは何も言わなかった。言葉がなかった。

とうとう女大公がそっと言った。「二人がどんな行動を取るにせよ、私たちはそれを支援するわ。とにかく、これはあなた方二人で解決すべき問題よ」

14

だがルールとシドニーはそれを解決しなかった。二人は居住棟に一緒に戻った。言葉を交わさずに。

その晩、ルールは主寝室から離れた小さな寝室で寝た。真っ暗な中で一人横たわり、すでに胸の怒りが消えているのに気づいた。怒りが恋しかった。恥じ入るより怒っているほうが楽だ。

冷静になってみれば、シドニーはつねにシドニーだったと気づく。そう、誠実さの問題なのだ。例の前代未聞の記者会見は、疑惑をいっきに晴らし、真実を明らかにするための一手段だ。例のタブロイド紙を同じ土俵でやっつけようというわけだ。さすがはアメリカ人、根っからの平等主義者だ。

彼女の背後には、プライドの高いカラブレッティ家の先祖はいない。彼らは、おのれの子孫がわざわざ記者会見し、自分の恥ずべき汚点を世界中にさらす姿を見て、顔をしかめ、唖然とするだろう。

そんなことは到底できない。カラブレッティ家のプライドが許さない。そう、僕のプライドが許さない。僕はプライドが高い。今はっきりわかった。

私生活について包み隠さず人前で話すつもりなどなかった。たとえ品行方正な生活を送っていたとしても、やはりできないものはできない。だいいち、彼の生活は品行方正とは遠くかけ離れていた。彼は大馬鹿者だった。あらゆる意味で。そんな馬鹿さ加減を人に宣伝するなんて、絶対にありえない。

翌日もそれ以前と同様に最悪だった。彼とシドニーはお互いに礼儀正しかった。息苦しいほどに。でもほとんどしゃべらなかった。

オフィスに行くと、電話が鳴り続けた。あらゆる新聞、雑誌、ラジオ、テレビがルール大公子の一言を求めたが、彼はすべて拒んだ。

その晩も彼は予備の寝室で寝た。その翌晩も。

一週間以上が過ぎた。息子とは一緒に過ごしたが、シドニーとは必要なときだけ言葉を交わした。

月曜の夜、屋敷の改装について、二人が選んだ建築家ジャック・フルニエと話しあう予定だった。シドニーは月曜の午後、ルールに電子メールで連絡してきた。電子メール。隣の部屋にいるのに電子メールで会話しようというのだ。

〈フルニエに、今夜は都合が悪いと連絡しましょうか?〉

ルールは一言だけ、頼む、と書いて返信した。

フルニエとの話がどうなったか、シドニーは返事をよこさなかった。別にかまわない。約束を反故にされたことでフルニエが腹を立てたとしても平気だった。今僕にとって大事なのは、妻との関係を改善することだ。だが残念ながら、どうしたらいいかわからない。いや、わかっていたとしても、それを実行するには高すぎるプライドが邪魔をしていた。

その晩、いきなりシドニーが現れた。ルールの小さな寝室の入り口に顔を見せたのだ。希望の灯がまた灯った。許してくれるのか？ だが彼女は無表情だった。やや不安げには見える。でも、二人の間の深い溝を埋めようとしている女性の顔ではない。

「フルニエに電話したわ」彼女は言った。

ルールは読もうと努力していた本を脇に置いた。

「ありがとう」こわばった声で言う。

「フルニエはかまわないと言ってくれた。都合がついたら……連絡をくれって。スケジュールはそれからだと」彼女のかわいい唇が震えた。

キスでその震えを消したいとルールは思った。だが彼は窓際の椅子に座ったままだ。「わかった」

「彼もきっとあの記事を読んだんだと思う……」

ルールは肩をすくめた。「そうかもしれないね」

「別に彼が何を読もうと関係ないけど」彼女は疲れているように見えた。目の下に隈ができている。僕と同じように彼女も眠れないのか？「ああ、ルール……」シドニーがこちらを見た。悲しそうに。そして何かを訴えるように。

鼓動が速まる。しつこく消えようとしない希望がまた燃え上がり、喉を締めつけ、彼を立ち上がらせた。「シドニー……」

彼女が駆け寄ってきた。ルールが腕を開くとそこに飛びこみ、小さくすすり泣いた。ルールは彼女を強く抱きしめた。シドニーも抱き返して胸に顔を埋め、ため息をついてささやいた。「ああルール……」

ルールは彼女の芳しい髪にキスした。恋い焦がれていた香り。「本当にごめん。言えなかったんだ」

「わかってる」シドニーが顔を上げ、待ちかまえていたルールと目を合わせた。

彼女は泣いていた。目尻から涙が流れ、紅潮した頬に跡が光っている。

「泣かないで」ルールはその顔を両手で包み、涙の跡にキスをした。湿り気を唇に感じる。

「私たちの関係を修復したい。でも、どうしたらいいかわからないの」

思いきって唇にキスをした。すばやく控えめに。それ以上はいけない気がした。「それは君のすることじゃない。僕の役目だ」

シドニーが彼の顔を探る。「信じて。あなたに恥をかかせたくて記者会見を提案したわけじゃないの。ええ、誓って」

「ああ、今ならわかる。大丈夫、わかってるから」

「私……潔癖すぎるのよ、ルール。わかってるの、潔癖で頑固すぎるって。要求が多すぎるの」

彼は笑いそうになった。「とげがありすぎる」

「そうね。もっと心やさしい女ならとっくに仲直りしているはずね」

ルールは彼女の鼻の頭にキスをした。「もっと心やさしい女には興味がない。そして君はちっともやさしくない。

〝何々すぎ〟ない。そのままの君でちょうどいい。君には変わってほしくない。今の君以外の誰にもなってほしくないし、今のままの君でいてほしい」

「ああ、ルール……」

彼はシドニーの肩に手を置き、そっと体を離した。

「僕を許してくれる？」

シドニーは目を閉じて背筋を伸ばした。次に目を開けたとき、顔から笑みが消えていた。「努力する」

なぜか彼女の言いたいことが正確にわかった。

「でもうまくいかない。まだ許せないんだね」

シドニーは口をきつく結び、うなずいた。そして話しだそうとした。

ルールがそれを親指で止めた。「いいんだ、答えなくて。今はそのままにしておこう」

「あなたが恋しい。胸がとても痛むの」

しわがれ声で、彼も告白する。「僕もだ」

シドニーが彼の手を取り、二人の赤ん坊が眠る、まだ平らなお腹にあてがった。未来を約束するその感触に、ルールは胸がつぶれそうになった。「なんとかしなきゃ」シドニーが小さなかすれ声でささやいた。「乗り越えないと。この子やトレヴァーのために。家族のために。あなたが嘘をつき、私を対等に扱わなかったことで傷ついたプライドを、棚上げしないとね。先に進まなければ。でも、そうしようとするたび、打ち明けてくれるべきだった、私を信じてほしかった、とくよくよ考え始めて……」

「しいっ」ルールはまた指で彼女の口に触れた。

「悪いのは君じゃない。僕さ。それはわかっている。僕が全面的に君を信頼していること、どんなにつらくても二度と君に嘘はつかないこと――それをなんとかして君に信じてもらわなければならない」

シドニーは震える息を吐いた。「あなたを信じたい。本当に」

ルールは彼女に顔を上げさせ、最後にもう一度そっとキスをした。「時間が欲しい。きっとうまくいくから」本当に？ そう、必ず僕がなんとかする。

彼女は一歩後ずさり、きびすを返すと立ち去った。

こんなにつらいのは生まれて初めてだ――シドニーが行くのをただ見守るだけだなんて。呼び戻すことも、抱き寄せて気が遠くなるほどキスすることも、何もかも大丈夫だと約束することもできずに。

何も大丈夫ではないから。二人の間でとても大事なものが粉々になり、それを粉々にした張本人である僕こそが、その無数のかけらを集めて、光り輝く強力で完全な姿に戻さなければならないのだ。


真夜中に答えを知った。いや、修復するためならなんでもしようとやっと受け入れたと言うべきか。そんなことは絶対にできないと端から拒絶したことに、ようやく取り組む覚悟ができた。それはルールにとっては困難なことだった。困難どころか不可能に近い。だがそれが僕とシドニーの間の亀裂を埋めてくれるなら、やってやろう。前に進むために。

それも喜んで。

プライドが傷ついたとシドニーは言った。彼女もプライドが高いのだ。そういうところが二人は似ていた。どちらもプライドが高すぎて、なかなか折れることができない。でも、ついに彼は折れるつもりだった。それでシドニーの信頼を取り戻せるなら。彼が過ちを認め、二度と同じ轍は踏まないと、シドニーに信じてもらえるなら。

ルールはベッドで横向きになって目を閉じ、たちまち眠りに落ちた。

翌朝七時少し過ぎに目覚め、ベッドを出てシャワーを浴び、髭を剃り、着替えた。

それからオフィスに行き、デスクの二番目の引き出しに入っている、無用な伝言の山を取り出した。まだ捨ててはいけないと頭のどこかでわかっていたからだ。そう、その中から一つ選び出すまでは。

選ぶのは速かった。難しいことではない。アンドレア・ウォーターズ。アメリカのテレビでゴールデンタイムのニュースキャスターやトークショーの司会をする有名人だ。ジャーナリストとして高く評価され、温かい魅力的な人柄で女性にも人気がある。

ルールは時計を見た。ニューヨークは午前二時。彼女の番組のプロデューサーに折り返し電話をするにはもう数時間待たなければならない。

ルールはその日の午後二時にニューヨークに電話した。夜七時には準備がすべて整った。さあ、妻に話そう。彼は椅子を立ち、妻を探しに行こうとした。

そのときオフィスのドアをノックする音がした。

午後七時に？　訪問客を選別するキャロリーヌはもういない。一時間以上前に帰宅させてしまった。

ルールは言った。「ドアは開いています。どうぞ」

ドアが開き、シドニーが入ってきた。彼はデスクの背後に立ったまま、彼女をじっと見つめた。彼のレディ・イン・レッド。赤いスカートと絹のブラウスに、祖母から贈られたパールのネックレス。髪は、初めて会ったときと同様、肩に下ろしている。駐車場で彼女を見たとたん、追いかけずにいられなかった。でも疲れているようだ。目の下にまだ隈がある。

「あなたと話がしたくて待っていたの。もう……我慢できなくなって。ここまで来てしまった」

「今日は忙しかったんだ。でも全部終わった」ルールはほほえもうとした。「じつは僕も君に会いに行こうとしていたんだ」

シドニーもおずおずとほほえみ返す。「昨夜ほとんど眠れなかったの」

「わかるよ」自分でも変な声に聞こえる。いつもよりかすれている。「僕もあまり眠れなかった」

「昨日、まだだめだと言ったわよね。まだあなたを許せないと……」

「そして、いいんだと僕は言った。本当だよ」

「ああ、でもルール……」彼女の笑みが広がり、ふいに顔全体が輝いた。もう疲労の影さえ見えない。体の前で手を握りあわせる姿はとても若々しかった。無垢な少女のようだ。今の彼女を見たら、息子を出産し、二人目の子どもをお腹に宿しているとはとても思えない。「すごいことが起きたの」

すごいこと？　ルールの心臓があばらの裏側をすばやく叩いた。「何？」

「わからない。私はベッドで横になっていたの。午前一時近くだったわ。闇の中で、横にいないあなたを恋しく思っていた。あなたがなぜ私に真実を打ち明けられなかったかわかったの。あなたの立場になってみたのよ。いつ私に接触しようかと待ち続けるうち、婚姻法の期限が近づく。いつかは真実を話すつもりだけど、タイミングを計っているんだと自分に言い聞かせていた。ところがライアンやピーターの話を聞き、真実を話せばトレヴァーが目的だと勘ぐられるかもと不安に。そうして言わずにいればいるほど、打ち明けるのが難しくなっていった」

ルールは首を振った。「それは言い訳にならない」

シドニーは、ほてりを冷まそうとするように、両頬を手で覆った。「頭では理解しているということをわかってほしいの」左手は脇に下ろし、右手で胸を押さえる。「でも心が許さなかった。私を信じてほしかった。そういう現実的な不安を乗り越えて、たとえ犠牲を払ってでも真実を話してほしかった」

「信じるべきだった。僕が間違っていたんだ。だから、僕を許せないからといって自分を責めるのは、もうやめてほしい」

するとシドニーが笑った。子どものように開けっ広げな笑い声だ。昨日と同様、目に涙が光っている。彼女は洟をすすり、涙を拭った。「でもそのときよ。そうして横になってあれこれ考えるうちに、突然、あなたが見えたの、ルール。あなたを感じたのよ。まるでその暗い寝室で一緒にいるみたいに。あなたは私を愛し、私はあなたを愛している。大事なのはそれだけだとわかった。あなたを許すとか許さないとかさえ、もう考える必要がなかった。突然、そんな気持ちになったの。怒りや傷ついた心や不満から自由になった。私はあなたを信じ、あなたの善良さや誠実さを信じていた。あなたと愛しあっていると信じていた。家族を取り戻したい。私たちを取り戻したいと思ったの」彼女はまた泣いていた。涙が頬を伝い、顎に流れている。

「シドニー……」ルールはデスクを回り、大股の四歩で彼女のもとにたどりついた。「シドニー……」

シドニーは泣きながら彼に身を投じた。「ルール、ああ、ルール……」

彼はシドニーの体に腕を回し、きつく抱いた。

「しいっ、もう大丈夫。大丈夫だよ……」

シドニーは彼に体を押しつけて顔を上げた。涙で濡れた目が彼の目と合う。「ルール、愛してるわ」

「僕も愛してるよ、シドニー。心から。君は僕のハートだ。ずっと君を探し続けていた。こうしてやっと見つけられてうれしい。僕の嘘より二人の絆のほうが強かったと知って本当にうれしい」

そしてルールは彼女にキスをした。情熱をこめた本物のキス。愛と涙と笑いのキス。二人の人生を再び結びあわせるキス。ようやく……。

キスはいつまでも続いた。それでも足りなかった。

しかし、とうとうルールが顔を上げた。シドニーの顔を両手で包み、涙の跡を拭う。「君が正しい。僕たちなら、最後にはなんとかできる」

「そうよ。最初からわかってた。いえ、少なくとも、いつか必ず解決できると自分に言い聞かせていた」

「君がドアをノックしたとき、じつは君を探しに行こうとしていたんだ」

シドニーは彼を探るように見ている。「なぜ？」

「君は記者会見を開いてほしいと言っていた……」

「ええ。でも、今ではあまり名案とは思えないわ」

「僕も最初はそう思った。プライドが邪魔をして」

「いいのよ、ルール。本当に」

「でも考え直したんだ」

「冗談でしょう？」

「いや、本当に。そして今もやっぱり反対だ」

「いいの。あなたの気持ちはわかってる」

「だけど、アンドレア・ウォーターズの単独インタビューを受けることに決めた」

シドニーは息をのみ、そして口をもごもごさせた。

ルールは笑った。「ダーリン、言葉が出てこないみたいだね。そんな君、初めて見たよ」

彼女はうめいた。「でも、あなた……」そしてルールの腕をふざけてパンチした。

「痛っ！」彼がにんまりする。

「ほんとに、ルール、冗談でしょう？」

「いや、冗談なんかじゃない。君と僕と息子について真実を話すつもりだ。『アンドレア・ウォーターズ・トゥナイト』で」

「すべて、包み隠さず？」

「まあ、言い方を工夫するぐらいはかまわないと思っている。少なくともある程度は」

シドニーが彼の頬に触れた。ただ触れられただけなのに、ルールにとっては大きな意味があった。それだけでもう何もいらない。彼女を腕に抱き、ひんやりした手を頬に感じ、二人がまた寄り添えたこと。たぶんこれからもずっと。「その必要はないわ」彼女がささやいた。「そこまであなたに頼めない」

「いや、だめだ」

シドニーは彼の唇を親指で押さえた。「ねえ、聞いて」彼がうなずくのを待って話を再開する。「私とあなたの間では、隠し事は絶対にしたくない。でもほかの人たちにまで秘密を教える必要はないわ」

ルールは彼女の手を取り、てのひらの柔らかなくぼみにキスをした。そうするのがいつも好きだった。

「堂々と誠実に話すことはできると思う」

「取りやめにしたら？　私はちっともかまわない」

ルールは首を横に振り、またてのひらにキスした。

シドニーが言った。「わかった。そこまで言うなら……」

「何？」

「私も出演する。アンドレア・ウォーターズがインタビューをするとき、あなたの隣に座るわ」

ルールは彼女の手をひっくり返し、指の一本一本にキスをした。「そう言ってくれると思った」

「一緒にニューヨークに行くの？」

「いや、彼女がモンテドーロに来る。番組の中で宮殿内を紹介するんだ。そのあと三人で席につき、おしゃべりする」

「おしゃべりね」シドニーがぶるっと身震いした。

「寒いのかい、ダーリン？」

「あなたの腕の中なのに？」彼女の緑の瞳は揺るがなかった。「まさか。でも少し怖いわ」

「怖がることはない。きっとうまくいく。絶対だ」

「キスして、ルール」

彼はそのとおりにした。ずっと、いつまでも。

エピローグ

アラゴニア王女、ライエ女公爵、サラモンド女伯爵、リリアナ殿下は、父の宮殿の自分の寝室に一人で座っている。

何年も前にアメリカ旅行をしたときに買った、かなり着古した、かなり大きい人魚柄の緑のTシャツ一枚だ。ベッドの上に脚を組んで座り、アーモンドクッキーが山盛りになった、黒地に黄色いポピー柄の繊細な皿を抱えている。それが二皿目だった。一皿目は数分前に食べ終えた。近くには、ほかにティッシュの大箱もある。すでに何枚か使っていて、ベッドのまわりにごみが散らばっている。

彼女は部屋の奥の収納棚にあるテレビを見ていた。

アメリカの番組『アンドレア・ウォーターズ・トゥナイト』だ。アンドレア・ウォーターズがルールとシドニーにインタビューしている。

　なんてすてきなインタビューなの、とリリアナは思っていた。すごくロマンティックな話だ。全然知らなかった。ルールが精子ドナー？　私なら、何万年経っても想像もしなかったはず。しかもシドニーの小さな息子トレヴァーは、じつはルールの息子だったのだ。

　私もぴんときてもよさそうなものだった。瓜二つだもの。それにシドニーの魅力的なこと。まさにハンサムウーマンだ。ルールのすぐ横に座り、手を握っている。そして二人の交わす視線……。

　そう、これよ。私が求めているのは、まさにこのルールとシドニーが分かちあっているもの。これぞという男性と育む、本物の強い愛。

　残念ながら、これぞという人が見つかる可能性はいよいよ少なくなってしまった。とりわけ、アレックスとのことがあってからは。

　本当に、どうしたって無理よね？　よりによってあのアレックスと？　だいいち、この悲惨な状況を見て。リリアナはまた一つアーモンドクッキーを口に入れ、また一枚ティッシュを抜いて涙を拭いた。恥も外聞もなく洟をかむ。

　そしてため息をついた。

　ルールとシドニー。すごく幸せそう。実際に幸せなのだ。リリアナはうれしく思った。そう、それは事実。ここ何年も、ずっとルールに片思いしていた。彼はハンサムで、いい人で、いつも私にやさしくしてくれた。だから豊かすぎる想像力を思いきり膨らませ、ルールの花嫁になる自分を夢見た。

　彼を愛していると思っていた。確かに愛していたと思う。でも今考えれば、私がルールに対して抱いていた愛は、共に生きるべき男性に女性が抱くたぐいの愛とは違っていた。

　再びリリアナは考えた。私にそんな人が現れるのかしらと。疑わしいどころじゃない。この状況を思えば、まず無理だ。

　クッキーとティッシュのほかに、そこには電話もある。リリアナはベッド脇に置かれたそれに手を伸ばし、ずっとかけるのを先延ばしにしてきた番号を押した。呼び出し音が鳴る間、息さえ止めて、彼女は待った。呼び出し音が鳴り続け、ついに留守番電話が応答した。

　録音されたアレックスの声が言う。「ただいま留守にしています。メッセージをどうぞ」

　リリアナは、ピーッという発信音が鳴るのを待って言った。「アレクサンダー、あなたほど頭にくる人っていないわ」その場で本当のことをぶちまけたかったけれど、それは賢い選択とは言えない。電話ではだめ。「私が送った手紙を読んで。そのあと電話をちょうだい、アレックス。二人きりで話をするべきだと思う」彼女は少し待った。彼はそこにいて、私の声を聞いているのかもしれない。今度こそ、まともな人間らしくふるまい、電話を取るかも。

　だが彼は出てこず、ぷつっと音がして留守番電話が切れたことがわかった。

　リリもそっと電話を切った。

　そしてそのあと、ただそこに座っていた。もう泣いてもいなかったし、アーモンドクッキーを食べる気も失せた。何もかもがいやになった。そして、父に知られたらどうなるだろうと考えた。

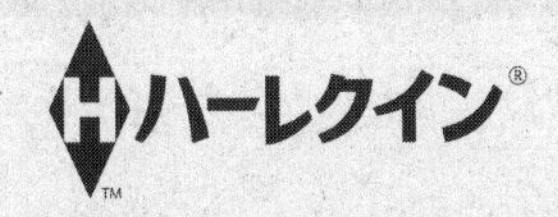

王子と孤独なシンデレラ

2015年5月20日発行

著　　者	クリスティン・リマー
訳　　者	宮崎亜美（みやざき　あみ）
発 行 人	立山昭彦
発 行 所	株式会社ハーレクイン 東京都千代田区外神田 3-16-8 電話 03-5295-8091（営業） 0570-008091（読者サービス係）
印刷・製本	大日本印刷株式会社 東京都新宿区市谷加賀町 1-1-1
デジタル校正	株式会社鷗来堂

ISBN978-4-596-22372-2 C0297

5月29日発売 ハーレクイン・シリーズ 6月5日刊

ハーレクイン・ロマンス
愛の激しさを知る

愛したのは略奪者 (ホテル・チャッツフィールドⅥ)	アビー・グリーン／山科みずき 訳	R-3067
シークに言えない秘密	キャロル・マリネッリ／山口西夏 訳	R-3068
大富豪と裏切りの薔薇	メラニー・ミルバーン／平江まゆみ 訳	R-3069
あの夜に宿った永遠	アニー・ウエスト／茅野久枝 訳	R-3070

ハーレクイン・イマージュ
ピュアな思いに満たされる

ひとりぼっちに終止符を	サラ・モーガン／森　香夏子 訳	I-2373
星屑と愛の予言	イヴォンヌ・ウィタル／瀬野莉子 訳	I-2374

ハーレクイン・ディザイア
この情熱は止められない！

シークと純真なナニー	クリスティ・ゴールド／すなみ　翔 訳	D-1661
ウエイトレスの秘密	アンドレア・ローレンス／土屋　恵 訳	D-1662

ハーレクイン・セレクト
もっと読みたい"ハーレクイン"

一夜の夢が覚めたとき (我が一族アネタキスⅢ)	マヤ・バンクス／庭植奈穂子 訳	K-321
恋をするなら	ヘレン・ビアンチン／本戸淳子 訳	K-322
砂漠に消えた妻	リン・レイ・ハリス／高木晶子 訳	K-323

ハーレクイン・ヒストリカル・スペシャル
華やかなりし時代へ誘う

貴公子の罪な戯れ (公爵家に生まれてⅡ)	クリスティン・メリル／富永佐知子 訳	PHS-112
ハイランドの野獣	テリー・ブリズビン／辻　早苗 訳	PHS-113

※発売日は地域および流通の都合により変更になる場合があります。

ハーレクイン・シリーズ

おすすめ作品のご案内

6月5日刊

ロイヤル

無垢なプリンセスの切ない恋

ベンガリアの王女マリサは、旅先で出会った実業家ダマソを運命の人と信じ一夜を共にするが、翌日彼は姿を消す。しかし、傷心の彼女の中に新しい命が…。

アニー・ウエスト
『あの夜に宿った永遠』

●ロマンス
R-3070

便宜結婚

プレイボーイ実業家と期限付きの結婚

幼い頃母を亡くし、父にも愛されず育ったテディ。その父の遺言で、一ヶ月以内に傲慢で冷徹な実業家アレハンドロと結婚しなければならない。

メラニー・ミルバーン
『大富豪と裏切りの薔薇』

●ロマンス
R-3069

愛の復活

大失恋した彼と7年ぶりの再会

7年前、恋人のトムに手ひどく振られ故郷を離れたサリー。帰郷して彼と働くことになり、ビジネスライクに接しようとするが、魅力を増した彼に迫られ…。

サラ・モーガン
『ひとりぼっちに終止符を』

●イマージュ
I-2373

※I-2350『片思いに終止符を』、I-2361『失恋に終止符を』関連作

注目作家

人気急上昇! アンドレア・ローレンス最新作

億万長者となり、高校時代の恋人ローズに会うため故郷を訪れたザンダー。再会した彼女が11年前、密かに自分の子を産み、一人で育てて来たことを知る。

アンドレア・ローレンス
『ウエイトレスの秘密』

●ディザイア
D-1662

※D-1636『聖夜に魔法のキスをして』、D-1648『秘書に恋した億万長者』関連作

シーク

シークとのいつわりの結婚生活

魅力的な砂漠の国の王子アダンと出会い、王国に招かれたパイパー。だが着いたとたん、生後間もない彼の子を世話するはめに。しかも妻のふりまで頼まれてしまい…。

クリスティ・ゴールド
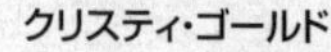
『シークと純真なナニー』

●ディザイア
D-1661

※D-1595『幻のシークと無垢な愛人』、D-1612『シークとの許されぬ結婚』関連作